スピノザの診察室

夏川草介

水鈴社

目次

装画　五十嵐大介
装丁　名久井直子

スピノザの診察室

第一話　半夏生

夏の昼下がりであった。

黒い屋根瓦をあぶるように照り付ける日差しのおかげで、古都の古寂《ふるさ》びた街角には陽炎《かげろう》が立っていた。

明け方に丁寧に撒かれた打ち水も、今はすっかり乾き切り、黒いアスファルトが白々とした光を放っている。往来をゆく人は、暑熱を避けるように軒先をつないで歩き、木格子の隙間からそれを眺める猫も、うんざりした様子で目を糸のようにしている。

平日の昼間なのに静かなのは、一帯が大通りから少し奥まった住宅街であるからだ。方広寺《ほうこうじ》にほど近いその辺りは、民家やアパート、マンションの類が身を寄せ合って立ち並んでいて、朝夕の通勤時間を除けば、昼間はむしろ人通りが目立たない。けして広くもない車道には、ときおり宅配便の自転車がからからと通り過ぎていく。

そんな静かな土地の片隅で、雄町哲郎《おまちてつろう》は、患者の胸に聴診器を当てていた。

「変わりないですね、坂崎さん」

痩せた胸元から聴診器を外して、哲郎は穏やかに告げた。

言われた方の男性は、薄い夏布団に身を横たえたまま、肉の落ちた頬を動かした。

「変わらん言うても、もうそんなに持たんでしょう、先生。余命は一か月か、二か月ってとこですか？」

いくらか探りを入れるような問いかけに、哲郎は年齢の割に白いものの交じった髪を掻きながら、淡々と応じる。

「いつも言っていることですが、医者の言う余命ほど当てにならないものはありませんよ。私もずいぶんな数の患者さんを診てきましたが、余命を予測して当たった例《ためし》がありません」

ごそごそと聴診器を小さな往診鞄に押し込んでいるうちに、涼し気な音が聞こえたのは、縁側のどこかに風鈴でも下げているからであろう。簡素な八畳間は、障子を立て切って冷房をかけているが、古い家であるから風が通るのである。

「二か月くらいは持つと思った方が一週間で急変し、半年以内と思った人が一年以上生きていることもある」

主治医の泰然たる返答に、患者は苦笑とともに答えた。

「わからんもんですな」

「わからんもんですよ」

哲郎は応じながら、取り出した紙カルテに所見を書き込んでいく。

坂崎幸雄《ゆきお》、七十四歳、男性、診断は胃癌、ステージⅣ。

多発の肝転移があり、すでに黄疸《おうだん》も出ている。昨年、抗がん剤治療を行ったが、吐き気を含む副作用が目立ち、本人が治療中止を希望したのだ。それからすでに半年。今はなんとかゆっくりと動ける体で自宅生活を続け、哲郎の往診を受けている。往診といっても、二週間に一度、身体診察をして、言葉をかわしていくだけだ。

「お父さん、またマチ先生を困らせとるの？」

陽気な声は、和室に顔を見せた坂崎の妻のものである。お盆に飲み物を載せて入ってきた坂崎芽衣子《めいこ》は、肉付きの良いふくよかな体格で、やせて骨と皮だけになっている夫とは一層対照的に見える。

「困らせとるわけやない。ただ、最後に逝くときは、この畳の上で逝かせてもらうようお願いしとるだけや」

「またそんな縁起でもないことを……。病は気からって言うでしょ。弱気になったら、その分だけ、お迎えが早く来てしまいますよ、ねえ先生」

芽衣子の言葉には、気遣いと苛立《いらだ》ちと諦めが等分に混じっていて、むしろ率直の感がある。要するに、病の夫に懸命に寄り添ってきた者の強みということでもある。

哲郎は「そうですね」と応じながら、燦々《さんさん》と陽光の降り注ぐ南側の障子に目を向けた。そこは下半分がガラスの雪見障子になっているため、二坪ほどの小さな庭を眺めることができる。

植木と生垣が配された庭が存外広く見えるのは、切り取られた視界の妙というものだ。一隅を匂やかな鴇色《ときいろ》に染めているのは、遅咲きの芍薬《しゃくやく》であろう。

「今年の夏は、まだまだ暑くなると今朝のニュースで言うてましたわ」

「そのようですね。来週は祇園の前祭《さきまつり》ですが、熱中症で運ばれてくる人が増えるかもしれないと、医局でも話題になっていました」

「気をつけなあかんということですな。暑さにやられて死神に連れていかれるのは、御免です」

「その通りですが……」

少し言葉を切ってから、哲郎は続けた。

「死神の方も忙しい夏になりそうですからね。坂崎さんまで手が回らないと思いますよ」

まあ、と小さく笑った芽衣子は、

「そうなると、まだまだ先生の手を煩《わずら》わせることになりますよ。すいませんねぇ」

芽衣子の丸い手が、そばの座卓にとんとんとガラスのコップを並べ、青磁の小皿を置く。涼しげなグリーンティーとわらび餅が、夏の風情を彩っている。

「ちょっと一服していってください。主人が食べない分だけ、私ばっかり食べて、どんどん太ってしまいますから」

哲郎は黙礼して、爪楊枝でわらび餅を口中に放り込んだ。口溶けの良い餅の食感と黒蜜の甘みが、ささやかながら暑気を払ってくれる。

もう一つどうぞ、と芽衣子が気軽に勧めるのは、哲郎が大の甘党であることを知っているからだ。四か月近く往診していれば、そういうことも伝わっていく。

患者の横で無頓着に菓子に手を伸ばすことが正しい態度であるかは難しい問題だが、病状の進行に合わせてだんだん神妙になっていくことが自然だとも言いがたい。哲郎はむしろ、病期によって態度は変えないことを心掛けている。癌のステージがⅢからⅣに進んだところで、患者の目に映る世界の色が変わるわけではない。

再び聞こえた風鈴の音に、誘われるように、坂崎が身を起こした。

「それにしても、こう暑いと往診する先生も大変ですな。体にこたえるでしょう」

「何言うてんの、お父さん」

芽衣子がすかさず口を挟む。

その手は軽やかにわらび餅を口中に運んでいる。この夫人も、存外甘いものが好きなのである。

「先生を、うちら年寄りと一緒にしたら失礼ですよ。おじいちゃん、おばあちゃんとは違うんやから」

「違う言うたかて、先生もそこらの若僧やない。人間四十歳を過ぎたあたりから、急に体力が落ちてくるんや。なあ先生」

「三十八になります」

ぽつりとつぶやくように哲郎が言う。

「一応、私は三十八です」

夫妻は思わず顔を見合わせる。

「お気遣いなく。よくあることです」

笑って再び軽く掻いた哲郎の髪には、白いものが少なくない。遠目には気づかないが、近づくと目を引く若白髪は、哲郎が医学生のころからだ。おかげで、昔からずいぶん老けて見られたものである。

哲郎自身に格別のこだわりはない。この職業に関しては、年配に見られることは必ずしも不利益ではないから、わざわざ事実を告げることの方が少ない。

あれまぁ、と芽衣子が困惑しているところで、ふいに往診鞄の中で携帯電話が鳴り響いた。応じた哲郎は、用件を確認し、短く答えて電話を切る。

「お呼びだしですか?」

「病院からです。すいません」

哲郎は格別の性急さも見せずに立ち上がった。

「また二週間後に伺います。なにかあればいつでも訪問看護に連絡してください。痛みが出たときなどは、我慢をしないように。いつでも私につないでくれますから」

鞄を小脇に抱えて一礼した。

芽衣子に見送られながら、玄関先で白衣を脱ぎ、それを往診鞄に押し込んで外に出ると、たちまち強烈な陽光が照り付けてくる。額に手をかざして見上げれば、南の空に悠揚《ゆうよう》たる入道雲が立っている。

「じきに夕立かな」

呑気につぶやきながらも、哲郎の胸裏《きょうり》にあるのは、午後の驟雨《しゅうう》ではなく坂崎の病状だ。すでに抗がん剤治療を中止して数か月、食欲の低下が目立ち、急速に痩せ始めている。端的に言って、この夏を越えるのは難しい。

視線を巡らせば、向かいの軒下では、麦わらをかぶった老人が床几《しょうぎ》に腰かけ、くわえ煙草で往来を眺めている。言葉を交わしたことはないが、こうして坂崎家を辞去してくると、いつも無愛想な顔のまま右手を上げてくれる。

すぐそばの板塀の下に、鮮やかな緑と白が揺れているのは、花期を迎えた半夏生《はんげしょう》である。濁りのない真っ白な葉と愛らしい小さな花が、老人の武骨な態度と好対照をなして、何やら微笑ましい。

哲郎は、老人に会釈をしてから、板塀の前に止めていた自転車の籠に往診鞄を押し込んだ。

それから自転車にまたがって、ペダルに載せた足に力を込めた。

雄町哲郎は、京都の町中で働く内科医である。

生粋《きっすい》の京都育ちではない。生まれはもともと東京で、大学も地元の医学部を卒業したが、紆余曲折を経て六年ほど前に京都に移り住んできた。

三十代後半となると医師としてはもっとも油が乗り始めた時期ではあったが、哲郎の勤務先は、高度な専門医療の習得や、次々と配属される後輩の指導に追われるような大病院ではない。

町中にある小さな地域の病院だ。

坂崎家を辞した哲郎の自転車は、容赦なく日差しが照りつける正面通《しょうめんどおり》の坂を下り、鴨川を渡って、入り組んだ小道を走っていた。

夏の京都は暑い。

鴨川、桂川、宇治川と三方に水系を配しながら、盆地という地形のためか、湿気と熱気がわだかまるようなこの地の夏は、風雅とも興趣《きょうしゅ》ともずいぶん遠く、ただうだるような息苦しさがあるばかりだ。

そんな暑熱のこもる町並みを、哲郎は額に汗をにじませながら、自転車を漕いでいく。

ひときわ広い五条通を渡った先の小道にも、高辻、松原、万寿寺などの古い名前がついている。黒光りする木格子の民家の狭間に、洒脱なデザイナーズマンションが建ち、豪壮な日本屋敷の隣に真新しい商業ビルがそびえている。木戸に暖簾《のれん》を下げた仏具屋があり、ガラス張りの喫茶店があり、漆喰《しっくい》塀の味噌屋があり、赤レンガの薬屋がある。多様な時代の産物がゆるやかに同居しているところが、この町ならではの景色であろう。

やがて見えてくるのが、「原田病院」の古びた看板だ。申し訳程度の駐車場に囲まれた武骨な鉄筋五階建てが、むやみと辺りに威圧感を振りまいている。消化器疾患を専門科として標《ひょう》榜《ぼう》し、四十八床という今時珍しい小規模病棟を備えた、哲郎の勤務先である。

哲郎は、裏口に回って職員用の駐輪場に自転車を止めた。

すぐ横が通用口で、ひびの入った三段の石段を上って、冷房の効いた院内に入ると、ちょうど目の前の階段を上りかけていた体格の良い白衣が振り向いた。

「お、えらい早よ帰ってきたやないか、マチ君！」

張りのある声でそう告げたのは、外科医の鍋島治《おさむ》である。

外科の鍋島は、病院長の肩書きも持つベテランで、すでに五十代半ばであるが、年齢を感じさせない堂々たる体軀《たいく》の持ち主だ。

「すまんな、往診中に」

「大丈夫です。中将《ちゅうじょう》先生の電話だと、吐血が来たと言っていましたが……」

「裏のスーパーの買い物客や。いきなりぶっ倒れて血を吐いたらしい。近くにいた別の客がびっくりして運んできてくれた。救急外来に寝かしとるよ」

「バイタルは大丈夫ですか？」

冷房のおかげで、額の汗が引いていく。鞄から白衣を引きずり出して腕を通している間に、受付から出てきた事務員が往診鞄を受け取ってくれた。

「血圧は90前後、来た時は意識がだいぶ悪かったが、今は点滴でゆっくり戻ってきとる。出血量が多いみたいやし、輸血はオーダー済みや」

「胃潰瘍ですかね？」

「ただのアル中よ」

いきなり右手の扉があいて、小柄な女性医師が顔を見せた。鍋島の後輩にあたる外科の中将亜矢である。哲郎よりは年上の医師だが、正確な年齢までは哲郎も知らない。扉の向こうは救急外来で、中将の亜麻色のショートヘア越しに、慌ただしく立ち働いている看護師たちが見える。

中将は親指で背後を示しながら、

「昼間っから酒飲んで酔っ払ってたみたい。黄疸はあるし、微妙なアンモニア臭もするし、たぶんアルコール性肝硬変。それもだいぶ放置されてたタイプ」

「つまり、バリックスのラプチャー（食道静脈瘤《りゅう》の破裂）ですね」

「そーゆーこと。だからマチ君に電話したの。早めに内視鏡した方がいいわよ。多分ほっといたら死んじゃうパターン」

歯切れのよい口調で怖い事を言っている。

小柄な中将は、格別長身というほどでもない哲郎と比べても、頭一つ背が低い。大柄な鍋島と並ぶと一層身長差が目について頼りないほどだが、臨床における洞察力とフットワークは、先輩外科医に全く劣らない。むしろ遠慮がないだけ、切れ味が鋭い。

食道静脈瘤の破裂は、肝硬変患者にしばしば突然の大量出血を起こす危険な疾患で、中将の言う通り急変して死亡する症例も少なくない。おまけに、普段からしっかり通院していれば、破裂予防の処置ができるが、肝硬変があっても通院せず、酒を飲み続けて、いきなり吐血で運び込まれてくる患者も珍しくないのである。

いずれにしても内視鏡となると消化器内科の哲郎の領分だ。

「あとはマチ君に頼んでいい？　私はこれから院長と上で胆摘（胆囊《たんのう》摘出術）だし」

「今日は手術日でしたね。引き受けました」

「よろしく」

ぱたぱたと手を振る中将に、階段途中の院長の声が届いた。

「ほな、亜矢ちゃん、わしらは手術に行くか」

「院長、いまどき職場の後輩に〝亜矢ちゃん〟は、セクハラだって言ったはずですよ」

「了解、了解、ほな行こか、大将」

「中将です。勝手に昇進させないでください」

わけのわからない遣り取りとともに外科医ふたりが階段を上っていく。

原田病院は大きな病院ではないが、一階に外来と内視鏡室があり、二階には一室だけだが全身麻酔の可能な手術室もある。

小さな病院だが、近隣の大学病院からアルバイトの麻酔科医を呼んで、胆石や鼠径《そけい》ヘルニアの手術のほか、ときには胃癌や大腸癌も切っている。

外科医を見送った哲郎が、そのまま救急室に足を運ぶと、ストレッチャーの上には、中将の言ったとおり、黄疸と吐血で、黄と赤にまみれた中年男性が横たわっていた。

「患者は、辻新次郎《つじしんじろう》さん、七十二歳の男性です」

歩み寄って来たのは、外来看護師長の土田勇《いさむ》だ。四十代半ばの恰幅のいい男性看護師で、原田病院での勤務歴も長い。本人は年々確実にボリュームを増していく腹を気にしているが、布袋《ほてい》さんのような腹は、太るにつれていたずらに福福しさを増している。鍋島によると、その丸い腹が、緊迫感のある状況を落ち着かせる絶妙な効果を持っているということになるらしいのだが、無論、土田は同意していない。

「ちなみに患者は保険証を持っていませんでした。期限の切れた免許証が財布に入っていたので、それで確認した内容です」

土田がそばのワゴンを目で示した。

つや光りするステンレスのワゴン上には、点滴ボトルや採血器具の脇に、患者のものらしいすり切れた財布と黄ばんだ免許証が載っている。土田の言う通り何年も前に期限切れになっており、変色した写真も、どうやら患者本人と判別できそうだが、相当昔のものだ。免許証の裏側を見ると、住所変更の記録があるが、それも何年も前で、今の住所かどうかも定かでない。

「ほかに持ち物らしいものもありませんでした。財布の中身も二千円程度で、パチンコ屋のポイントカードがあったくらいです」

さすがに場数を踏んでいる外来師長は、この程度のことで慌てない。町中の小病院の救急外来では珍しい景色ではないのである。

「名前と生年月日がわかるだけでも、ありがたいケースだと思います」

「そうですね。個人情報は十分でしょう。十分でないのは、血圧の方ですか」

哲郎は、患者の脈をとりながらモニターに目を向けた。

上の血圧が90前後というのは甚《はなは》だ頼りない。ベッド上に目を向ければ、垢《あか》まみれのTシャツを着た男性は、顎鬚《あごひげ》周りにべっとりと赤黒い血液をこびりつかせている。

「聞こえますか、辻さん」

「ああ……、聞こえとる」

応じた辻はまだぼんやりとしていて、事態が飲み込めていないようだ。

「なんや、いろんな人が出てくるなぁ。今度はなんや……」

「ここは病院です。原田病院」

「さっきも誰かがそんなこと言うとった。あんたお医者さんか」

哲郎の白衣にようやく気が付いたように瞬きをしている。

「辻さんは、買い物中に、お店で突然倒れたようです」

「倒れた？」

「近くにいたほかのお客さんが運んできてくれたと言っていました」

「ほんまか……」

そんな会話の間にも、哲郎の目と手が動いて患者を診察していく。

結膜を確認し、腹に触れ、足に触る。黄疸と貧血があり、腹部には腹水を示す波動があり、足背《そくはい》には浮腫《ふしゅ》が目立つ。なるほど、中将の言う通り完成された肝硬変である。

「うわぁ」と辻が突然妙な声を上げたのは、今さらながら自分の血まみれの右手に気付いたためだ。

「なんやこれ、真っ赤やないか！」

「寝ていてください。辻さんは吐血したんです」

「トケツ？」と辻が目を丸くする。

ひとつひとつの挙動に切迫感がないのは、まだ酒が残っているからかもしれない。

哲郎は、そばのノートパソコンを操作し、血液検査結果を呼び出した。身体診察所見を裏付ける真っ赤な数値のオンパレードだ。きっちり腹部CT画像も撮ってあるのは、無駄のない中将の手際というべきであろう。すばやくマウスを動かして、腹腔《ふくくう》内の画像をチェックする。

「なるほど、胃内も血液で充満か……」

「トケツってなんや、先生？」

「口から血を吐いたってことですよ……、しかしヘモグロビン7台とは、だいぶ出たな」

「だいぶ出た？　この真っ赤なの、全部俺が吐いたんか？」

「そうですね、少なくとも私が吐いたものではありません」

冗談にしては笑えないが、哲郎もこの状況で患者をなごませようと思って言っているわけではない。CT画像に集中しているだけである。

土田が速やかに会話に割って入った。

「辻さんには輸血と緊急内視鏡が必要な状態だということです」

「ないしきょう？」

「緊急の胃カメラのことです、いいですか？」

「胃カメラ？　なんでや？」

端末から顔を上げた哲郎が続ける。

「胃か食道で出血している可能性があります。内視鏡で見て、おそらく出血を止める処置が必要でしょう」

「はあ……せやけど……」

辻は黄色い額にしわを寄せて、

「お金ないで。ええんか？」

「お金ね」とつぶやいた哲郎は土田を見返した。

「ま、いいか」

「良くはありません」

土田が素早く遮《さえぎ》る。

「金銭面に問題があるのなら、あとでソーシャルワーカーに入ってもらいますから、今は心配しなくて大丈夫です。いずれにしても、お金がないという理由で治療をしないということにはなりませんよ」

病気は患者を選ばない。土田の対応も堂に入ったものだ。

ふいにモニターが甲高い音を発して注意を喚起した。

血圧86／のアラームが、救急室の緩みかけた空気を一掃する。

「とりあえず、点滴はもうワンルートつないで、全開で」

哲郎の指示に、すぐに看護師たちが動き出した。

「輸血が届いたらすぐにつないで。それまでにさらに血圧が下がるようなら、緊急用のO型血液をクロスマッチなしで入れよう。内視鏡室の準備は？」

「できています」

「念のためのSBチューブも出しておいてください」

「了解です」

「とりあえず着替えてきますから、なにかあったら呼んでください」

あくまで淡々と告げて背を向けた哲郎に、辻の声が届いた。

「先生、俺、やばいんですか……？」

ようやくただならぬ事態であることが理解できてきたのだろう。辻の口調がいくらか神妙になっている。

「やばくないと言えば嘘になりますが……」

右手で軽く髪を掻きながら振り返った哲郎は、

「まあ、大丈夫ですよ」

血まみれの現場に不似合いな一言を残して、あっさり救急室を出て行った。

モニター上の血圧は依然低く、アラーム音が続いている。そんな中でも、しかし土田たちは急がず騒がず、記録、連絡、点滴の手配などのそれぞれの役目を遂行していく。

慌ただしさはあるが、混乱や焦燥はない。根底には整然とした空気が流れている。

辻は不安の残る視線を土田に向けた。

「なあ、兄ちゃん……」

「土田です」

「俺、結構やばいんやろ？　さっきの女の先生は、死んでまうかもしれへんって言うてたし……」

「大丈夫ですよ」

返答は明瞭であった。

困惑顔の辻に対して、土田の目は、手元のパソコン画面から動かない。

「マチ先生は、大丈夫でない患者に、大丈夫だとは言いません。だから」

ぱたりと端末を閉じて、土田が辻に目を向けた。

「大丈夫です」

いつのまにかモニターの警告アラームが止まっていた。

土田の返事は、お世辞にも気遣いにあふれたものとは言い難かったが、なぜか辻には、ずいぶんと心強いものに響いていた。

「ここ、なんか変わった病院やな……」

「そうですね。よく言われます」

土田の返答は、格別の感興を含んではいなかった。

ただ、その丸い頬に、かすかな微笑が浮かんですぐに消えた。

原田病院には五人の常勤医がいる。

五人といっても理事長を務める原田百三《ひゃくぞう》は、七十近い年齢で管理業務が主体であるから、ほとんど現場に出てこない。

臨床現場はもっぱら四人の医師によって成立している。

外科の鍋島治と中将亜矢、内科の雄町哲郎と秋鹿《あきしか》淳之介の四人である。

その日の夕方、哲郎のＰＨＳに電話をしてきたのが、秋鹿であった。

『いやぁ、すいません、マチ先生、お疲れのところ……』

時刻は夕方の五時過ぎで、おりしも午後の大腸カメラが終わったところだ。哲郎が、内視鏡室の隣にあるカンファレンスルームで一服しようとした矢先である。

『ちょっとご相談したい肝障害の患者さんがいまして……』

「了解です。すぐ行きますので、少し待っていて下さい」

『ああ、急がなくていいですよ。三階病棟におりますのでよろしく』

哲郎が、ＰＨＳを切ったところで、ちょうど土田が姿を見せた。先程まで内視鏡を手伝っていた土田は、今は手に、お茶菓子を載せた盆を持っている。

「相変わらず忙しいですね、先生は」

「ありがたいことです。世の中が不景気でも、失業を心配する必要はなさそうです」

「そうはいっても午前中は往診に出て、昼には辻さんの緊急内視鏡に呼び戻されて、そのまま午後の検査でしたから、休憩なしでしょう。ひと息入れる時間くらいはあるんですか？」

そんな言葉とともに卓上に置かれた盆を見て、哲郎が軽く身を乗り出した。

「土田さん、これって北野の長五郎餅じゃないですか？」

「そうですよ」

「どうしたんですか？」

「午前中に北野白梅町まで出る用事があったので、立ち寄りました」

そう言っている間にも、哲郎は無遠慮に手を伸ばし、真っ白な餅菓子を持ち上げている。

「働き者の先生のために、わざわざ買ってきたんです。感謝してください」

「もちろんです。優秀な師長のおかげで、今日の処置だってうまくいったんですから。ありがたいありがたい」

言いながら、すでにもぐもぐとやっている。もぐもぐやりながら、左手は早くも二個目に手を伸ばしている。

ピンポン球ほどのその餅菓子は、北野天満宮の名物のひとつで、雪のように白い餅皮と甘みを控えた漉《こ》し餡が絶品である。厳選された自然素材を使用し、ふわりと溶けていくような食感の餅皮と、雑味のない透き通った甘みの餡の組み合わせが希有《けう》な逸品だ。

哲郎の大好物なのである。

「そんなに急がなくても、あとでゆっくり食べればいいじゃないですか」

「賞味期限わずか二日の名品ですよ。半日遅れればそれだけ味が落ちてしまう」

無類の甘党の確固たる主張に、土田はほとんど呆れ顔だ。

「この前も、患者さんから中谷のでっち羊かんをもらって食べてたじゃないですか。ほどほどにしておかないと、血糖値とか上がっちゃいますよ」

「そうですね、土田さんみたいにお腹が出てきたら気を付けます」

ぐっと言葉に詰まる看護師長の前で長五郎餅をもう一つ、ひょいと口に放り込んで、哲郎は立ち上がった。


秋鹿淳之介は、豊かなアフロヘアと、黒縁の丸眼鏡が目を引く、総合内科の医師である。哲郎よりふたつ年配で、十一年間、精神科医として働いたのち、内科に専門を移した異色の経歴の持ち主だ。もっとも、原田病院の医師は皆それぞれに異色であるから、秋鹿だけが一際というわけではない。

「こんな夕方にすいませんねぇ、マチ先生」

スタッフステーションに入って来た哲郎に、秋鹿はボリュームのある髪を何度も揺すぶって頭を下げ、そのまま奥の電子カルテに導いた。

「どうも困っている患者がいましてね」

「肝機能障害があるとかって言っていましたね」

「そうなんです。悪くなってるんですよ。ここ数日じわじわとねぇ」

秋鹿の表示したデータは、肝機能を示す部分が真っ赤になっている。遡《さかのぼ》れば、一週間ほどかけて徐々に悪化してきたらしい。

「もともとは糖尿病のコントロール目的に入院させただけの患者だったんです。ただの脂肪肝かと思っていたんですが、どうも……」

「ウイルス関連は大丈夫ですか？」

「B型C型の肝炎ウイルスマーカーは陰性でした。薬の関係も疑って、いったん内服薬はすべて中止したんですが、一向に改善しない」

「五十代の女性ですか、となると自己免疫系も洗った方がいいですね」

なるほどなるほど、と秋鹿は丸眼鏡を押さえながら頷《うなず》き返している。哲郎より年上ではあるが、そういう気配を微塵も感じさせない人物である。

「あとで採血を追加しておきますよ、秋鹿先生。このデータなら、緊急の処置が必要な胆道系の疾患ではないでしょう。何かの急性肝炎は要注意ですが、急変するような病態ではありません」

「いいですねぇ、マチ先生のその落ち着いたトーンで説明を受けると、心が安らぎます。先生は僕の貴重なトランキライザーですよ」

無精ひげの生えた頰を撫でながら、ほっとしたように秋鹿は緊張をといた。

「あ、マチ先生！」とふいに声をかけてきたのは、HCU（高度治療室）の方から顔をのぞかせた背の高い看護師だ。病棟主任の五橋《ごきょう》美鈴《みすず》である。

「待ってましたよ。辻さんの明日の点滴がまだ入っていません」

「そうだった。緊急内視鏡のあとの、辻さんの様子は大丈夫?」

「大丈夫です。病棟に上がって来てからは吐血も下血もありませんし、血圧も安定していま
す」

五橋の返答は簡潔で無駄がない。

手袋をはずしてゴミ箱に捨ててから、哲郎のもとに歩み寄ってきた。耳周りから毛先にかけてをベージュに染めたボブヘアが、爽やかに風を切ってくる。

「結構な大出血だったと、土田師長が言っていましたが、うまく止血できたんですね」

「まあ思ったよりは派手だったけど、すぐ出血点が見つかったからね。運が良かったよ」

「あいかわらず大したものですねぇ、マチ先生は」

秋鹿が丸眼鏡に指を添えながら、感嘆と賛辞を口にする。

「データを見ましたが、患者はぼろぼろの肝硬変でしょう。僕でさえ、止血が難しい症例だってわかりますよ。普通なら、血小板数を見ただけで逃げ出したくなるでしょうに、先生はまるで健診のバイトでも終わらせてきたみたいな気楽さだ」

しみじみとした感慨さえにじむ秋鹿の声を、哲郎は笑って聞いている。

それを見守る五橋は、口を挟まなかったが、心中は秋鹿に近い。

食道静脈瘤の破裂は文字通り血管が破裂して大出血をきたす疾患である。いざ内視鏡を入れても、出血のために何も見えないまま、患者が失血死に至ることさえありうる。

実際、土田から聞いた話では、辻の食道内は凄まじい出血量であったらしい。

〃助手のこっちが冷や汗びっしょりだってのに、術者の先生はいつもの涼しい顔で変わらないんだから、こっちの立場がない〃

病棟への申し送りの時に、土田がそんなことを言っていたのが思い出された。

数年前に原田病院に赴任してきたこの医師について、五橋たち看護師は詳しい経歴を知らない。以前は大学病院で様々な難しい内視鏡治療をやっていた熟練の医師だという話だ。実際、哲郎の患者にはしばしば大きな内視鏡手術が入るが、トラブルになったところは見たことがないから、噂だけではないのだろう。

ただ、のんびりと回診しているその姿は、「凄腕の医師」というイメージからは、ほど遠い。

「止血できたのは何よりですが」と五橋は控え目に口を開いた。

「明日の点滴指示がまだです、マチ先生」

「ああ、そうでした。すぐ入力しておきます」

哲郎が髪を掻きながら、今さら気付いたように応じる。

「それからお酒飲みの方なら、離脱症状が問題です。二、三日もすれば、幻覚とか幻聴とかで大騒ぎしますから、なにか鎮静剤があった方がいいと思います」

「鎮静剤なら僕の専門領域ですねぇ」

秋鹿が首を突き出した。

「こっちで入力しときますよ。マチ先生ばかり働かせては申し訳ない」

「気遣いは結構ですけど、秋鹿先生の患者さんも、明日の点滴が入っていない人がいます」

五橋の指摘に、秋鹿は恐縮したように首をすくめて、哲郎を顧みた。

「うちは優秀な看護師が多くて、助かりますねぇ」

「同感です」

「それから」と五橋がさらに割って入った。

「もう六時を過ぎています。マチ先生は病棟回診だってまだでしょう。龍之介君が待ってるんじゃないんですか？」

ガタンと音がしたのは、哲郎がにわかに立ち上がったからだ。

「もうそんな時間か」

今の今まで落ち着き払っていたのが、別人のように慌てている。

「五橋さん、ざっと回診してカルテはチェックしておきますが、何か足りないオーダーがあれば、電話ください。すいませんが、四階病棟にもそう言っておいてもらえると助かります。それじゃ」

言うなり、ばたばたと廊下を駆け出していく。

遠ざかる白衣を見送りながら、秋鹿がつぶやいた。

「肝機能が悪化しても、静脈瘤が破裂してもまったく動揺しないのに、相変わらず変わった人ですねぇ」

同感だ、と五橋も思う。

思いつつ、目の前のアフロヘアの内科医も、変わり者でないわけではない。

五橋は、これまでにいくつかの病院で働いたことがあり、いろいろと奇抜な医者も見てきたが、この病院はひときわだと思うのである。

「とにかく先生も早く点滴を入力して仕事、終わらせてください。遅くまで働いていると、また院長に怒られますよ。一応、働き方改革を推進している病院なんですから」

「そうでしたねぇ。しかし僕の場合、マチ先生のように家で待ってくれてる家族がいるわけでもありませんから、あんまり急ぐ理由もないんです」

「私たちの仕事が進まないんです」

「そうでした。気をつけます」

間延びした秋鹿の声が、病棟の白い天井に消えていった。


哲郎の自宅は三条京阪の十字路から少しばかり北東に入った住宅街にある。

病院からは自転車で三十分もかからない距離だ。

途中、活況を呈する四条河原町付近を横断しつつ、立ち寄った商店街で夕飯のおかずを購入する。平日であっても人の往来が目立つのは、その一帯が洛中一番の繁華街だからというだけではない。宵山に始まる祇園の前祭を数日後に控えているからだ。主婦に学生、子連れの家族に会社帰りのサラリーマンなど、普段から多くの人が行き交う一帯には、観光客もくわわって格別の雑踏になっている。

河原町を過ぎた哲郎の自転車は、鴨川を渡って大通りから小道に入っていった。

煌々《こうこう》と電飾に照らされていた町並みは、一転して点々と街灯が灯るだけの静かな住宅街になる。その一角にある四階建てのアパートの一階に、哲郎の部屋がある。

「おかえりなさい」

扉を開けるとほとんど同時に明るい声が聞こえた。

最近急に背が伸びてきた龍之介少年が、フライ返しを片手に出迎えていた。

「もう少し遅くなるかと思っていました。まだ晩御飯できていませんよ」

「急がなくていいよ。特売の唐揚げも手に入れてきたんだから」

少年のまっすぐな目は、哲郎が持ち上げた唐揚げの袋ではなく、その隣の別の袋に向いている。

「また甘いモノも一緒に買ってきたんですか?」

「阿闍梨餅《あじゃりもち》。龍之介の分も買ってきたぞ」

自慢げにもう一つの袋を持ち上げた哲郎の額には、大粒の汗が浮いている。ただでさえ暑い夕暮れ時に、よほど急いで自転車をこいできた結果である。

「お土産は嬉しいですけど、無理して仕事切り上げてこなくても大丈夫ですよ、マチ先生。僕はもう中学一年生です」

「まだ中学一年生だよ。中一の少年が、ひとりで晩御飯を食べなくて済むようにするのは、家族の大事な務めなんだ」

「そんなに気負わなくても大丈夫だって言ってるのに……」

妙に大人びた口調ではあるが、その頬には少年らしいはにかみが浮かんでいる。

美山《みやま》龍之介は、哲郎の家族であり、唯一の同居人でもある。

息子ではない。哲郎の妹、美山奈々の子であり、哲郎にとっては甥にあたる。

さして広くもないアパートで、伯父と甥という奇妙な組み合わせの二人暮らしが開始されるまでには、無論それなりの波乱と混乱と決断とがあった。

美山奈々は、哲郎のひとつ年下の妹だが、若くして病を得、しばしの闘病ののち三年前の冬に他界した。奈々がシングルマザーであったから、龍之介は小学生の身で両親不在という境遇に陥ったのである。

龍之介の家族は、伯父である哲郎がいるばかりで、ほかに頼る当てもない。哲郎の父はすでに病死しており、母はゆっくりとだが認知症が進み始めて施設を検討するようになっていたから、こちらも頼りようがない。かくして哲郎は、唐突に少年の引き取り手となったのである。

小学四年生の子供を育てる自信など欠片《かけら》もなかったが、ほかに選択肢があったわけでもない。

決断をくだした日、哲郎は在籍していた洛都大学の医局を訪れ、退局の意を教授に伝えた。

早朝から深夜まで拘束時間の長い大学医局に在籍していては、とても育てられないと考えたからだ。指導医として若手医師たちをまとめる位置にいた哲郎の退局を、教授が温かく許可してくれたわけでは全くなかったが、これはやむを得ないだろう。退局後、つてをたどって求めた新たな勤め先が原田病院であった。

東京の自宅を引き払って京都のアパートに連れて来られた少年は、当初、当然のごとく無口であった。無口ではあったが、黙々と現実と向き合っていく母親譲りの忍耐強さを持っていた。日を重ね、月を畳んでいくうちに、少年は少しずつ口を開くようになり、掃除や料理も手伝い始め、今では家事全般を取り仕切っている。学業の方も疎漏《そろう》はなく、中学校も今年、私立の進学校に入学したばかりであった。

洛都大学時代、医局で一緒に働いた先輩の花垣《はながき》辰雄などは、独身のまま子持ちになった哲郎を、

〝マチは結婚生活の泥沼を回避して、老後だけを確保した〟

などと冷やかすのだが、哲郎からしてみれば打算を巡らす余裕などありはしない。

実際花垣の方も、近くに住んでいる縁があって、ときおり夕飯などを届けてくれたりしている。『老後を確保しつつある後輩』を、それなりに心配してくれているらしい。

哲郎がシャワーを浴びて浴室から出てくると、食卓には順次夕食の準備が整いつつあった。

椅子に腰を下ろしながら、買ってきた阿闍梨餅をこっそりひとつ口に運ぶ。

「これから夕食ですよ」と冷たい目を向ける龍之介に、ひとつだけ、と人差し指を立てて懇願しながら、もぐもぐと幸せそうに舌鼓を打つ。高僧の笠をかたどった独特の形状の餅は、皮がぽってりと分厚いわりに柔らかく、咀嚼《そしゃく》とともにたちまち粒あんの豊かな甘味が広がっていく。風味も甘味もたっぷりとしていながら、後味はすっきりとして品がよい。哲郎の好物のひとつだ。

「学校はうまくいっているのか、龍之介」

「大丈夫です。電車通学も慣れてきました。同じ阪急で通う友だちも何人かいます。夏休みの夏期講習も一緒に行こうかって相談しています」

エプロンをしてフライパンで野菜をいためる姿が板についてきた少年は、中学の成績も上々であるらしい。妹の奈々によく似て色白で、目元は明るい。これは学校で相当モテるのではないかと、哲郎は脈絡もなく心配になってくる。

「しかし龍之介、お前の中学校は、中高一貫なんだ。夏期講習もいいが、せっかく高校受験がないんだから、勉強ばかりでなく、しっかり遊ばないとだめだぞ」

「そんなにのんびりしていたら、医学部に入れなくなります」

さらっとフライパンを返す音と共に聞こえた単語に、哲郎は思わず声を詰まらせた。

一度白いものの交じった髪を軽く掻きまわしてから、少年の背中に目を向けた。

「お前、医者を目指しているのかい？」

「そのつもりです。駄目ですか？」

「だめとは言わないが……、しかしなんでまた……」

「花垣先生にも言われたんです。マチ先生は大学に残っていれば、自分なんて飛び越えて教授になったかもしれないドクターなんだって。その先生に預かってもらってるんですから、恩返ししないといけません」

「あのエセ准教授め……」

哲郎は、思わず毒づいた。

花垣は悪意のある人物ではないのだが、どうも無責任のきらいがないでもない。龍之介のために哲郎が退局したことは事実だが、それと少年の人生とは別の問題である。少なくとも哲郎はそう思っている。

野菜炒めと唐揚げを盛りつけた皿を持って来た龍之介を捕まえて、哲郎は告げた。

「いいかい、龍之介。私は確かにお前を預かるために、大学病院をやめた。おかげで色々と人生設計が変わったことは確かだが、だからといって私にとってそれが不利益になったかどうかは別の問題だ」

「別でしょうか」

「別だとも」

阿闍梨餅の欠片を飲み込んで哲郎は続ける。

「私は今の病院に移ったおかげで、ずいぶんと新しい経験をしているんだよ。別に後悔もない」

「でもマチ先生は、あのまま大学で研究を続けていたら、もっと出世して偉くなっていたんでしょう？」

「確かに、肩書きは立派になったかもしれないがね」

哲郎は、額に人差し指を当て、一拍置いてから語を次いだ。

「しかしその場合、お前の人生はどうなるだろうかと、私は考えたんだ」

「僕ですか？」

　急な問いに龍之介は言葉に詰まる。

「誤解をしてはいけないよ、龍之介。私はお前に恩を着せようとして話しているんじゃない。私はその時純粋に、独りになったお前を放置して、自分が愉快な人生を歩めるものだろうかと自問したんだ」

「それは……」

「答えは難しいものじゃなかった。お前が辛い目にあっているのに、素知らぬ顔で幸せな人生を送るという世界は、私の中には成立しない。お前が笑顔で生活していけることは、私にとってとても大切なことなんだ。そういう私なりの哲学にしたがって、お前を引き受けたわけだ」

　哲郎は、少し語調をゆるめて目の前の甥を見返した。

「地位も名誉も金銭も、それが単独で人間を幸福にしてくれるわけじゃない。人間はね、一人で幸福になれる生き物ではないんだよ」

　哲郎が言葉を切ったあとも、龍之介は変わらず真剣なまなざしを伯父に向けている。

　哲郎はやわらかく微笑した。

「まあつまり、私が少しばかり予定と違う人生に移ったからといって、お前が穴埋めのように医師を目指す道理なんてないわけだ」

「はい、わかるつもりです……」

「無理に全部をわからなくてもいいさ」

くしゃくしゃとまた髪を掻き回してから、食卓のご馳走に視線を巡らせた。

「こういう難しい話は空腹でやるもんじゃない。まずはせっかくの夕飯を、温かいうちにいただこうか」

はい、と答えた龍之介が箸をとって「いただきます」と告げた。

孤独だった少年が、物怖じしないまっすぐな感性を持って育っていることを、哲郎は嬉しく思っている。時々伯父が口にする細かな理屈にも、真摯に耳を傾ける様子は、自分の甥としては出来すぎだと感じるくらいである。その一方で、二年と七か月も一緒に住んでいる同居の家族に「マチ先生」と呼びかけるのは、自然なことなのか悩みたくもなる。

勢いよく夕飯を頬張る少年から、哲郎は窓際に立てかけた小さな写真立てに目を向けた。

そこには少年と面差しの似た色白の女性が笑う姿がある。女性の隣には、研修医になったばかりのころの哲郎が白衣姿で立っている。楽しそうにピースをする妹に対して兄の方はすっかり困惑顔だ。妹がお祝いだといって、わざわざ哲郎に白衣を着せて撮った写真なのである。

――お前はずいぶんな課題を私に押し付けていったものだな……。

そんな愚痴にも似た一言を、哲郎は胸のうちに押しこめて、箸を手に取った。


原田病院の朝は、ひとりの老人の水やりから始まる。

早朝六時半、理事長の原田百三が、隣の敷地にある瓦屋根の自宅から大きなジョウロを片手にのそりと姿を現す。

今年、六十八歳の原田は、もともとは内科の医師として病院業務の中核を担っていたが、年を重ねて今は理事長の座に収まり、もっぱら事務方との会議を中心とした経営業務に従事している。

原田は小柄な上に少し猫背であるから、実年齢以上に老けて見えるが、歩く速度は速い。音もなくすいすいと病院前までやってくると、花壇脇の水道からジョウロに水を汲んで水やりを始める。

春には葵、秋には桔梗《ききょう》や鳳仙花《ほうせんか》の開く花壇に、今はサルビアやアイリスの濃厚な夏色が揺れている。

玄関を彩る細長い花壇に三十分もかけて充分な水をやり、裏手に回って来るころには、七時になる。

毎日この時間きっかりに、外科の鍋島が愛車の大型二輪で裏の駐車場に入って来る。

ＢＭＷのＫ１６００ＧＴＬは、六気筒の大型バイクで、本来通勤に使うような代物ではない。百キロ単位のツーリング用の二輪車なのだが、鍋島にとってはメスや鉗子《かんし》よりも身近な相棒であり、朝夕の通勤の愛すべき足なのである。巨大な動力のおかげで、早朝の駐車場に腹をゆさぶるようなエンジン音が響くのだが、患者のためには骨身を削って駆け回る外科医も、騒音による近所迷惑に関しては、今のところまったく頓着していない。

ＢＭＷが到着して十五分ほどすると、流線形が美しいシルバーのスポーツカーが入って来る。

中将亜矢の運転するアストンマーチンである。英国生まれのこの高級車は、先着のBMWの横にぴたりと駐車する。さらに十五分ほどして七時半に、イギリス車の隣に到着するのは、秋鹿の乗った真っ赤なアルファロメオだ。鍋島の二輪車よりも小さい動力からは独特のエンジン音が発せられ、たちまち病院裏の医師駐車場は、ちょっとした外車展示場といった塩梅になる。

そんな中、八時前にのんびりと自転車で駐車場に入って来るのが哲郎であった。

威圧感さえただよう三台の外車の前を通り過ぎて、奥の駐輪場に入り、自転車を止めたところで、水やりのあとに近所を散歩して戻ってきた老理事長と、ちょうど顔を合わせることになる。

「やあ、おはようさん」

原田のしわがれた声に、挨拶を返した哲郎は、そのまま朝八時開始のカンファレンスのために会議室へ向かうのである。

「マチ先生、いい加減、車買ったらどうですか？」

いつかそんな風に告げた土田に、哲郎は不思議そうな顔をして、「なぜ？」と首を傾げたものだ。

哲郎にしてみれば、道が狭く、交通量も多い京都の町中を動くのに、自転車ほど便利なものはない。渋滞も気にせず、車も入れないような抜け道を走ることもできるし、燃料費は自分の体力だけなのだ。

理に適《かな》った意見だが、土田が口にしているのは理とは異なる領分のことだから、嚙み合うものではない。かくして、四人の常勤医たちの出勤風景は、病院のちょっとした風物詩になっていた。

そんな四人が、病院五階の第一会議室に集まって開かれるのが、定例の月曜日カンファレンスである。

理事長室や事務局などの経営部門が主に占めている五階フロアに、臨床医たちが足を運ぶのは、この時くらいであろう。第一会議室は大きな円卓を囲むように革張りの椅子が配置され、広々としていて眺めも日当たりも良い。要するに院内の一等地であり、時には病院の未来を左右するような重大な案件が俎上《そじょう》に載せられることもある部屋なのだが、月曜日のカンファレンス前は、なかなか自堕落な雰囲気だ。

中将はあくびをしながらカロリーメイトをかじり、秋鹿は黙々と手元でスマホゲームに興じ、哲郎はイノダコーヒのアラビアンパールにたっぷりの砂糖を投入して幸せそうに味わっている。一同が白衣を着ていなければ、ここが病院だとは誰も思わないに違いない。

その有り様が、しかし鍋島が入ってくるとがらりと変わる。

「ほな、今週の予定や」

そんな厚みのある一声とともに、にわかに空気が切り替わり、その週の外科手術、内視鏡手術の予定が確認され、入院患者と往診患者の病状について情報共有がなされるのである。

「今週は今のところ、胆摘二件、鼠径ヘルニア一件の計三件です」

右足を組みながら、悠然たる態度で中将が口を開いた。

「胆摘は、重症膵炎後なので、あんまり癒着《ゆちゃく》がきついようなら開腹に切り替えます。先週の術後の方は、総じて良好。トラブルなし」

「結構だ」

「内視鏡は、今週はポリープ切除が三件あるだけです」

哲郎が口を開いた。

ただ、とすぐに続ける。

「往診の方ですが、胃癌の坂崎さんが、だいぶ食べられなくなってきています。化学療法を中止して半年、るい痩《そう》が進んで、起き上がるのがやっとになってきました。先週の往診時には軽い黄疸を確認しています」

「この夏を越すのは難しいみたいやな」

哲郎が正面のスクリーンに映し出したデータを見ながら、鍋島が顔をしかめた。中将が足を組み替えながら言う。

「ステージⅣの胃癌が見つかったのは一年前でしょう。外来から往診に切り替えて四か月ですし、まあ、よくがんばってきたってものでしょうね」

往診をしているために、血液検査データはあるが、CTなどは施行できていない。患者の腹腔内がどうなっているかを判断する具体的な情報はないが、医師たちの脳裏には、ほとんど一致した情景が描かれている。

胃癌が胃の壁を食い破り、外にまで広がり始めているだろう。肝転移も拡大して胆管も詰まりかけているに違いない。

「ご家族の様子はどうですか？」

秋鹿の質問は、往診のポイントを正確に押さえている。終末期患者を在宅で見守っていく上で、家族の協力と精神状態の安定が不可欠だ。

「奥さんとの二人暮らしですが、奥さんは比較的柔軟に状況を受け入れてくれています。今のところ極端な動揺はありません」

「もう一年以上の経過になりますからねぇ」

「患者はこれから、痛みや吐き気できつくなってくるでしょうが、本人の希望は、変わらず自宅です」

主治医の報告に、特別の意見はない。

鍋島は会議室を見渡した。

「ほかはどないや？　不安定な患者はおるか？」

「病棟は、二人終末期がいましてねぇ。今週中に旅立ちそうなバイタルです。いずれもお看取り予定の患者です」

「想定内の経過やな。ほかに相談症例や、トラブル症例は？」

三人の医師が首を左右に振る。

「ほな、今週もがんばっていこか」

鍋島のそんな掛け声で、原田病院の一週間が始まるのである。

白い病室のベッドの上で、小柄な老婦人が丁寧に頭を下げていた。

「わざわざすいませんねぇ、先生」

夕方の三階病棟である。

午後の内視鏡が終わったところで、病棟の看護師から、患者の呼吸状態が昼過ぎから徐々に悪化しているという連絡があったのだ。

ベッドの上で酸素カヌラにつながった矢野きくえは、九十歳ながら認知症のない患者である。小柄なきくえは、一週間ほど前まで佛光寺《ぶっこうじ》近くの自宅で一人暮らしをしていたが、部屋で動けなくなっているところを隣人に発見され、病院に連れて来られた。来院時は右肺の細菌性肺炎が確認されたが、数日の抗生剤投与で炎症は改善してきているところであった。

「いつから苦しくなっているんですか、きくえさん」

聴診器を使いながら問う哲郎に、

「うちは別に、苦しいことはないんやで。なんか看護師さんがえらい心配してくれてはるけどなぁ……」

おっとりとした口調は、いつもと変わらない。家に閉じこもり気味であったとはいえ、生活も自立していた女性である。

しかし顔色は、なんとなく悪い。駆けつけてきた看護師からバイタルを確認すれば、昨日まで良かった酸素濃度が、今日になってゆっくりと下がってきている。

「ご本人は何ともないと言うんですが……」

報告する看護師も戸惑い気味だ。その場で再度確認したSpO_2モニターも89％という不穏な数値である。

哲郎はきくえのベッドにゆっくりと腰かけた。

「きくえさん、苦しくはないといっても、今日はご飯が食べれていないでしょう」

「そうやな、ちょっと食欲ないかもなあ」

「今日の夕食は、きくえさんが好きなスイカも出ていますよ。でもあんまりですか？」

哲郎の目はサイドテーブルに置かれた夕食を確認している。すでに配膳からある程度時間が過ぎているはずだが、きくえは手を付けるつもりがないようで、箸の位置も変わらず、そのまだ。

「そろそろおじいちゃんが迎えに来とるんかもなぁ」

「そんなにすぐには来ないでしょう。あっちの世界で気ままにやっていると思いますよ」

「そうやとええけどなぁ。もう十年も会うてへんし、寂しがっとるかもしれん。そろそろ慰めに行かなあかん」

目尻に細かな皺を寄せて、そんなことを言う。

二人の会話の間に看護師が体温を計って体温計を差し出した。36・2度。発熱はない。胸の音も悪いものではなく、痰《たん》がらみも目立たないことを聴診した哲郎は、足に目を向けたところで動きを止めた。いくらか丸みを帯びた両足は、一見すると普通に見えるが、しかしこの患者の場合は普通ではないことを哲郎は見逃さなかった。

「浮腫《むく》んでいるね」

哲郎の声に、看護師が首をかしげた。

「そうですか？　そんなに変じゃないように見えますけど」

「見た目は変じゃないが、もともと脛《すね》に骨が浮いているくらいの痩せた足の方だよ」

普通に見えることが、この患者の場合は普通ではない。

高齢者の診療ではよくあることだ。

「おそらく心不全だろう。とりあえずレントゲンと心電図を確認しよう。それからフロセミド0・5アンプルを準備して」

淡々とした哲郎の指示に、看護師は素早く駆け出していった。

「食べた方がええかねぇ、先生」

「いや、無理はしなくてもいいでしょう、きくえさん。人間、食べたくない日だってあります。ただ、おじいちゃんのお迎えはまだかな」

「そら残念や。先生は、こんなおばあちゃんにも、まだまだいろんな治療をするんか？」

「動ける人には、それなりに力を尽くすというのが私の方針です」

「動けんようになったら？」

「そのときは」

わずかに考えてから、哲郎は笑った。

「静かにおじいちゃんを待ちますか」

口調は和やかだったが、内容はなかなか際どいものであった。けれども、きくえはむしろ、安心したようにうなずいた。

戻って来た看護師に、注射と点滴の指示、尿量測定の指示を与えて哲郎は病室を出た。ちらりと四人部屋の病室を振り返れば、きくえと同じような高齢の患者が目に入って来る。誤嚥《ごえん》性肺炎、尿路感染症、脳梗塞……。消化器病院といえど、地域の小さな病院であるから、専門領域ばかりを見ているわけにはいかない。入院患者の半数が、地元の高齢者たちだ。

「おじいちゃんを待つ、か……」

そういう答え方が正しいのか、哲郎自身にもわからない。わかっていることは、この領域には万人が納得する正解などないということだけだ。

大学病院にいたときの最大の検討課題は、目の前にある病気をどうやって治療するかという点であった。癌の切除や、結石の除去について、用いる器具の種類や、そのストラテジー（戦略）を様々に議論したものであったが、それは突き詰めれば方法論でしかない。

しかし今哲郎が見つめる医療は、方法を問うているのではない。行動の是非そのものを問いかけてくる。

食事もとれなくなった患者にどこまで点滴をするのか。癌の終末期の患者に、どんな言葉をかければよいのか。認知症の患者に癌が見つかったとして、切除に行くべきか、見守るべきか。

そこには、治療、回復、退院といったわかりやすい道筋は用意されていない。

――胃癌を切っている方が、まだしも単純な医療だったかもしれないな……。

そんな淡い感慨はほとんど愚痴に近いものだと、哲郎自身が自覚している。

医療が命と向き合う世界であるからには、大学病院であろうと、原田病院であろうと、単純で容易な環境などあるはずもない。

やれやれと髪を少し掻き回したところで、ポケットの中でＰＨＳが鳴り響いた。

かけてきたのは、病院受付の女性事務員だ。

『マチ先生、お客さんが来ています』

「お客さん？」

オウム返しに聞いてから、哲郎はすぐに思い当たって苦笑した。

「すぐ行くよ」

短く答えて、歩き出した。


病院一階の内視鏡室の隣には、小さいながらカンファレンスルームがある。

五階の第一会議室とは比べるべくもないが、数台のパソコン端末と、カンファレンス用の壁掛けモニターのほか、椅子と机もあり、救急外来に運び込まれた重症症例について緊急で検討することができるようになっている。無論、医師たちが集まる機会はそうあるものではない。

普段は哲郎のちょっとした休憩場所になっており、時には外来の客を迎える応接室としても機能するのである。

哲郎がそこに顔を出すと、窓の外を眺めていた長身のスーツ姿の男が振り返った。

「よ、マチ、お疲れさん」

夏めいた縹色《はなだいろ》のツーピースをノーネクタイで着こなした男は、洛都大学で准教授をつとめる花垣辰雄であった。一見、辣腕《らつわん》の実業家のような印象を与えるが、まぎれもなく医療の最先端で活躍する一流の消化器内科医である。

愛嬌のある笑顔と洒脱な装いは、花垣が医師としてだけではなく、交渉や社交の場においても卓越した人物であることの証左であろう。

「いつも仕事の途切れるいいタイミングを狙ってきますね、花垣さんは」

「大学で色々苦労させられていると、後輩が忙しく働いているのか、暇を持て余しているのかくらいは、わかるようになるんだよ」

「はいはい」

哲郎はあっさり聞き流して、そばの椅子をすすめた。

花垣は、哲郎のふたつ年上で、大学では三年ほど机を並べて働いた仲である。

隙のない診断力に、高度な内視鏡技術を兼ね備え、そこに柔軟な社交性まで加わって、国内のみならず海外の消化器関連学界からも注目を集めている医師のひとりである。すでに准教授という地位にあるとはいえ、まだまだ上り詰めていくであろう人物だ。

そういう立場であるから、花垣自身も多忙である。散歩がてらに原田病院に立ち寄っているような体裁を取りながらも、当然事実はそうではない。来院する日には、こっそり病院受付に電話し、何時ころに哲郎の仕事が終わりそうかを確認しているのである。

「いくら相手が大学のえらい先生とはいえ、院内の個人情報が、ザルのように漏れているのは問題ですね」

笑いながら哲郎は奥の電気ポットで花垣の分のコーヒーを淹れ始めた。もちろんイノダのアラビアンパールである。

「今日はどうしたんですか？」

「この間の天吹《あまぶき》の論文が無事アクセプトされた。その報告だ」

続けて花垣は、論文掲載雑誌の名をさりげない口調で告げた。インパクトファクターの高い国際雑誌だ。

「お前がいろいろ助言をしてくれた論文だ。多変量解析までして、独立因子を弾き出してくれた」

「覚えていますよ」

「その割には興味なさそうだな」

「そういうわけじゃありません。ただ私は大学を出た人間ですからね。あんまり外から色々言うもんじゃないでしょう。だいたい天吹君の論文は、もともとの骨格がしっかりしていましたよ」

天吹祥平《しょうへい》は、哲郎が大学にいたときに指導した若手医師のひとりである。若手といっても、今はもう中堅以上の位置にいるかもしれない。

「天吹が言っていたぞ。マチ先生が医局に残ってくれていたら、もっといろんな症例にチャレンジができるし、研究だって進められるのにって」

「天下の洛都大学に、人材はいくらでもいるでしょうに、今さら……」

「本当にいくらでもいると思うか？」

カップを持って戻って来た哲郎は、思いのほかに鋭い眼光にぶつかって足を止めた。止めたまま視線を落とし、カップを花垣の前に置いた。花垣はカップをすぐに手に取って傾け、あち、と情けない悲鳴を上げる。

「確かに医局にも、ほどほど頭のいい奴はいるがな」

唇を拭きながら、花垣は続けた。

「医者として優秀で、忍耐力と洞察力を備えた上に、行動力と良心も持っている奴はなかなかいない」

「そんな医者は、日本中探したって、そうそういませんよ」

「そうでもない。真剣に探せばそれなりにいる。俺の目の前にもいるんだからな」

ずばりと切り込むようなその言葉に、しかし哲郎は動じなかった。表情も変えず、自分のカップを手に取って口をつけた。

「高い評価は有難いですが、客観的に言って買い被《かぶ》りです」

「俺はそうは思わない」

花垣は平然と遮る。

「先月の神戸の内視鏡学会でも、お前の質問は会場を賑わせていたじゃないか。何かとお前に辛口の西島でさえ、あのときのお前の的確な指摘に舌を巻いていた」

「また懐かしい名前ですね。元気にしていますか、西島君は」

「雄町哲郎という重しがなくなって、ただでさえ扱いづらくなっていたのに、四月から講師に昇格していよいよ態度が大きくなってる。まあ、可愛いもんだけどな」

「西島君も、いつのまにか講師ですか」

哲郎は感慨深くつぶやいて、またカップに口をつけた。

大学医局でともに働いた医師たちの顔ぶれが、記憶をかすめていく。老輩から若手に至るまで、多種多様な医局員がいる中で、西島基次郎《もとじろう》も印象深い医師のひとりであった。西島は哲郎の一年後輩で、医局内でも頭一つ抜きん出た切れ者であったが、虚栄心が強く、年齢の近い哲郎に対しては、競争心を隠そうともしなかった。

そういった記憶も、今の哲郎にとっては過去の思い出にすぎない。時に出席した学会会場の片隅で、最先端の余光を浴びるくらいが、今の哲郎の立場なのである。

「二か月後の九月末、ボストンで内視鏡のライブ指導をやる。それなりに大きな舞台だ」

ふいの花垣の言葉が、哲郎を現実に引き戻した。

カップを持ったまま、先輩医師に目を向ける。

「ボストンでライブ？」

「そうだ。アメリカ内視鏡学会からの招聘《しょうへい》だ」

さすがの哲郎も驚いた。

「それはすごいですね。花垣さんが内視鏡の術者を？」

「もちろん術者は俺だが、信頼できる第一助手が必要でな。俺の処置についてこられるスペシャリストがほしい」

急な展開であったが、花垣が言わんとしていることは明らかだった。

かつて大学にいたとき、困難な症例を担当した花垣の第一助手は、いつも哲郎だったのだ。すなわちこれが、花垣がわざわざ訪ねてきた用件ということだ。

哲郎は答えなかった。カップを握りしめた准教授の目には、愛嬌のある先輩と、医局の未来を背負った野心家が同居している。

「龍之介君はもう中学生だよな？」

花垣の話頭の転換に、哲郎は静かに答えた。

「まだ中学生です」

「たいして生活力もない伯父が、数日間アメリカに出掛けても、問題なく日常を送れる年齢だ」

「龍之介に関してはその通りですが、だからと言って私が引き受ける理由にはなりません」

あくまで慎重な哲郎に、花垣は大きく息を吐いた。

「お前の今の状態は、医療にとって大きな損失なんだぜ。まったく……。こうなったら原田先生か鍋島院長にかけあって、クビにしてもらった方が早いな」

「高い評価には重ねてお礼を言いますが、ハードルがあがるばかりですよ」

小さく笑って哲郎は肩をすくめた。

「それよりもっと花垣さんの役に立てる方面で努力しましょう。なにか看取りやら寝たきりやらで行く当てのない患者がいれば、いつでもこちらに回してください。大学の限られたベッドで診るのは大変でしょうから、尽力しますよ」

「世界中を飛び回っていた一流の内視鏡医が、寝たきり患者のお看取りか」

「思っていたより、はるかに大変な仕事です。場合によっては内視鏡の手術より、手強いこともあるかもしれません」

「楽な仕事とは思っちゃいないさ。しかしなぁ……」

「大事な仕事です。我々が治療した患者だって、最後はみんな通る道じゃないですか」

「身も蓋もないことを言いやがって」

舌打ちしながら、花垣は立ち上がった。

立ち上がりながら、手元のバッグから、クリアファイルに入った紙束を取り出して卓上に放りだした。

「目を通しておいてくれ」

「新しい論文ですか?」

手に取って紙面を埋める英文に目を走らせた哲郎は、わずかに眉を寄せた。

「結構な症例数ですね。しかも花垣さんがリードオーサーです」

リードオーサーというのは、論文において、一番最初に名前が掲載される著者のことだ。普通、花垣ほどのポジションになると、大勢の医局員の指導をしなければいけないから、花垣自身は、そうした研究者たちの最後に、責任者として名前を連ねることの方が多い。

「洛都大学の准教授がリードオーサーで書くということは、本気の論文ですか？」

「ああ、本気だ」

続けて花垣が口にした投稿先の雑誌名を聞いて、さすがに哲郎は目を見張った。

世界トップレベルの雑誌である。

「もう少し症例数が必要だから、今しばらく時間がかかる。だが一度目を通しておいてほしい」

「花垣さんの名刺から、准教授の『准』がなくなるのは、意外と早そうですね」

「ああ、俺もそう思っている」

ぬけぬけとそんな返事が戻って来た。

「だが、簡単な道のりじゃないこともわかってる。とりあえずそいつに目を通して、なにか意見があれば教えてくれ、医局長」

「『元』医局長ですよ」

そんな哲郎の訂正を、花垣は鼻で笑い飛ばしてから、立ったまま残りのコーヒーを飲みほした。

「そういえば、鴨川沿いにうまい洋食屋があるらしい。もともとはディナーのコースしかやっていなかったのが、最近ランチを始めたって話だ。今度龍之介君も連れて一緒に行かないか？」

「いいですね。お付き合いしましょう。龍之介も喜びますよ。あいつは未来の教授に妙に懐いていますから。ただ、あんまり変なことを吹き込まないでください。花垣さんが思っているより純真なんです」

「純真で見込みがあるから、いろいろ声をかけているんだよ。元医局長みたいに、あんまり達観した人間になられるのも考え物だからな」

花垣は軽く右手を上げて、背を向けた。

外来前を通りがてら、事務員の女性に気さくにねぎらいの一言をかけていく。長身で明朗な准教授の声かけに、若い事務員たちは頬を紅潮させて一礼している。あの様子では、花垣が電話をしてくれれば、事務員は院内の情報を洗いざらいしゃべってしまうに違いない。

「医局長ねぇ」

哲郎はそっとため息をつきながら、手元の論文に目を落とした。


哲郎が花垣と初めて出会ったのは、アメリカ東海岸の港町、ボストンであった。

哲郎はまだ、東京にある東々《とうとう》大学に所属しており、そこから留学してきたばかりのことだ。東々大学の消化器内科は、日本の消化器病領域を牽引する実力派の医局のひとつである。哲郎自身、そこで腕を磨き、若手でありながら着実に実績を積み上げ始めていた。

緻密な内視鏡操作に裏打ちされたハイレベルな処置と、冷静な判断力を武器に、次々と難易度の高い内視鏡治療を成功させ、それを淡々と学会で発表する哲郎の姿は、年に似合わぬ落ち着いた態度とあいまって、学会でも少しずつ名が知られるようになっていた。そういう時期であった。

「一緒に内視鏡をやらないか」

霧が深く、曇天の続く異国の港町で、野心家の先輩は、少壮《しょうそう》の後輩に静かに語りかけた。地下鉄駅にほど近いハンバーガーショップの中である。

花垣は頬に笑みを浮かべていたが、目は笑ってはいなかった。

「お前さんみたいな医者を東々大学に置いておくのはもったいない。もちろん東々大学だって最高峰の大学のひとつだが、お前さんの上には山のように幹部だの重鎮だのがいて、出世するにも天井がつかえているだろう」

「つかえていたって構いませんよ。別に上の先生たちを追い越したいと思っているわけでもないんです」

哲郎は、アメリカンサイズのダブルチーズバーガーを懸命に頬張りながら応じる。

「私に限ったことではありません。いまどきの若者というのは、地位や名誉にそんなに魅力は感じないものです」

「お前さんの言っていることは、半分は事実だが、半分は嘘だな」

先輩の応答はなかなかに巧妙であった。

哲郎は咀嚼を止めて相手に目を向けた。

「俺も別に、お前さんが教授や学長を目指しているバリバリの野心家だなんて思っちゃいない。だが、いい仕事はしたいと思っているはずだ。どうせやるなら、一流の仕事をな」

花垣は凄みのある笑みを浮かべた。

「野心はなくても矜持《きょうじ》はある。そうだろ？」

含蓄のある言葉であった。

そんなふうに明確に意識したわけではなかったが、花垣の言葉はある真実を言い当てているように思われた。教授になりたいと思ったことは一度もない。けれども目の前の患者がどうなってもいいと思ったことも、一度もない。大学医局の年配の医師たちが、無頓着に混同しているこの相違点を、当たり前のように言語化して突きつけてくる男の存在は、それなりに衝撃的であった。

だからこそ、面白がるような顔をして返事を待っている花垣に、哲郎はゆっくりと頷き返したのである。

花垣が帰国し、一年後に同じく帰国した哲郎は、東々大学での残った仕事に区切りをつけ、京都に移った。今から六年も前の話になる。

その後の数年は、哲郎にとって、かつてないほど活気に満ちたものとなったが、多忙な日々の中で個々の記憶は曖昧《あいまい》だ。いろいろ思い返そうとすると、結局いつも哲郎の脳裏には唐突に、東京の晴れた冬空が浮かんでくる。どこまでも青く遠い空と、その下に立つひとりの少年の背中がある。

妹の葬儀が終わった日、葬儀場の屋上に立って、じっと空を見上げていた美山龍之介の姿であった。

日曜日の午前の医局に、カチャカチャと忙《せわ》しない音が響いていた。

音のはざまに「波動拳！」だの「ソニックブーム！」だのと威勢のいい声が聞こえてくる。

東向きの窓から夏日の差し込む医局で、秋鹿がコントローラーを握りしめて、テレビと向き合っていた。ゲーム機のつながったテレビ画面では、白い胴着姿の空手家と金髪の軍人が、右に左に往来しながら、さかんに殴り合っている。

ちょうど医局に入って来た哲郎が、口を開いた。

「日直お疲れ様です、秋鹿先生」

壁際のポットでインスタントコーヒーをいれながら、画面に目を向ければ、アフロヘアの元精神科医が、華麗なコンボを決めながら、超然たる声を返した。

「やあ、おはようございます、マチ先生」

アフロと白衣とテレビゲームと、すべてがちぐはぐで、珍奇をきわめたパッチワークのようだが、原田病院においてはこれも日常である。

「これって、ストツーじゃないですか？」

「ストツーです。昔のゲームがね、今はアーカイブからダウンロードして遊べるんですよ。便利な世の中です」

秋鹿の操作する空手家は、画面上で次々と正拳突きや回し蹴りを繰り出しているが、動かしている方の口調は、いつもと変わらぬのどかなものだ。

「マチ先生も、ストツーはご存知ですか」

「中学生の頃にゲームセンターに通ったことはありました」

「それは初耳です。しかしそんなゲーセンも、今はどんどんなくなっていますからねぇ。寂しいものですが、医局に持ち込んだ最新のゲーム機でストツーができるのは、有難い時代ということになるのかもしれません」

『YOU　WIN』

突然そんな台詞が響き渡り、大きな文字がモニターに躍り出たところで、秋鹿がずり落ちかけた丸眼鏡を指先で押し上げた。

休日であるから医局にほかに人影はない。

原田病院の医局は、冷蔵庫や電気ポットや大型テレビの置かれた大きな部屋が、「総合医局」という共有スペースになっており、そこに三つの小部屋が接している。小部屋にはそれぞれ医師たちの机が二つずつ配置され、外科の鍋島と中将、内科の哲郎と秋鹿、アルバイト医用に分けられているが、休日であれば日直医がひとりいるだけになる。

　原田病院のような小病院の場合、休日に救急患者が運び込まれてくることはほとんどない。病棟があるために、院内に医師を配置する必要はあるが、入院患者が安定してさえいれば、多くの場合趣味に興じて気ままに過ごすことができるのである。医師の業務がいまだに、看護師のように日勤・夜勤の交代制ではなく、日直・当直扱いというブラックな側面の裏返しということでもある。運悪く急変・急患が重なると、丸二日間ろくに眠らずに働き続けることも稀ではない。

　秋鹿は、ふと気づいたように肩越しに振り返った。

「マチ先生は、こんな朝からどうしたんです？　病棟の方なら、今日は僕が回診当番ですよ」

「往診患者の方で呼ばれまして」

　カップを持ち上げながら答える哲郎に、秋鹿が気の毒そうに眉を寄せた。

「訪問看護からの連絡ですか」

「坂崎さんがいよいよ厳しくなってきました。だいぶ痛みが出てきていて、奥さんも参ってきています」

「いよいよですか……」

「フェントスを増やしてきましたから、少しレベルが落ちてくるかもしれません」

　言いながら窓の外へと目を向ける。

二階にある医局からは、通りを挟んで民家やビルが見える。早朝のわずかな涼気はすでに去り、向かいの屋根瓦は直射日光にあぶられて白々と光っている。

換気のために少し開けた窓から、風に乗ってかすかに弦楽器の旋律が聞こえてくるのは、通りの向かい側にある三味線教室からであろう。眺めている間にも、和装の若い女性が白漆喰の建物に入っていくのが見下ろせた。

「今年の死神はなかなか勤勉で働き者のようです。坂崎さんを見逃してはくれないらしい」

どこか愚痴めいた哲郎のつぶやきに、秋鹿は小さくうなずいたようであった。


その日、訪問看護から哲郎のもとに電話がかかって来たのは明け方であった。

坂崎の痛みが強くなり、介護をしていた妻の芽衣子がたまりかねて、訪問看護ステーションに電話を入れてきたのだ。哲郎が夜明けとともに自宅を訪ねれば、坂崎は、さざ波のように寄せては去っていく吐き気と、唐突に訪れる癌性疼痛《とうつう》に冷や汗をかいていた。

〝こらぁ、きついもんでんな、先生〟

ようやくそう告げた坂崎の乾いた唇は、血の気を失って青く、眉間に刻まれた皺には、大粒の汗が浮かんでいた。

〝そろそろ幕引きですわ。薬、増やしてくれはりますか〟

ようやく告げた坂崎の言葉には、切実なものがあった。ある種の悲鳴さえ含まれていた。哲郎がそばに座る妻に目を向ければ、芽衣子は憔悴《しょうすい》しきった顔で呆然とするばかりだ。

病と闘う者も、それに付き添う者も、限界が近づいていていた。

人が死ぬということは、大変なことである。

生から死への移行は、どうしても苦痛の谷を越えなければいけない。例外はあるが、多くがそうである。

医学が発達している今、痛みや吐き気をとる薬もたくさんの選択肢がある。薬が飲めないなら、点滴があり、点滴がとれないなら、貼り薬もある。けれども、『薬をうまく使えば、最後の時間も楽に過ごせる』という考えは、まだまだ幻想にすぎない。薬に対する患者の反応は千差万別で、驚くほど医者の思い通りにはならず、よかれと思ってモルヒネを増やして、あっという間に呼吸が止まることさえ哲郎は経験している。そして薬の増量とともに患者が急変した場合、医療者はもとより残された家族の心にも後悔と自責の念が残ることが少なくない。

ゆえに哲郎は即答しなかった。漠たる結論は出ていたが、それを敢えて保留し、胸の内で吟味し、取捨し、選択し、慎重に慎重を重ねて歩き回った末に足を止めた所が、当初の結論と同じ場所であることを確認した。

哲郎は坂崎の目を見て静かに告げた。

〝薬を増やします〟

坂崎がほっとしたようにうなずいた。

うなずいてから妻の方に、震える顔を向け、小さく笑ってみせた。

かすかな挙動であったのに、暗闇にひらめいた火花のように鮮やかであった。その火花の中に、万感の思いが込められていた。

芽衣子の両目に、みるみる涙が浮かび、やがて、丸い両手がその顔を覆っていた。


「医療というのは、難しいものですねぇ」

秋鹿の声が再び医局に響いた。

「波動拳！」の掛け声に重なるように、秋鹿が続けた。

「ときどきふと、考え込むことがあるんです。自分はいったい、何をやっているのかと……」

医局の大型4Kテレビは、四半世紀前の古いゲームをするのに適しているとは言い難い。画面を走り回る空手家のドットの粗さが、むしろ目立って見えるくらいだ。画面が派手に光るたび、秋鹿の眼鏡のレンズがちかちかと反射して輝いている。

「我々が診ている患者さんの多くは、病気を治すことがゴールではありません。癌の終末期や、老衰の患者に寄り添うだけです。結局、死亡診断書を書くことがゴールといえばゴールです。表彰台も、ファンファーレもないゴールですよ」

波動拳、波動拳、と立て続けに打ち出された必殺技を、金髪の相手キャラクターが絶妙のタイミングで飛び越えて躍りかかってくる。わずかなスキをついて、たちまち形勢が逆転する。

「マチ先生は以前、大学病院で数々の胃癌や大腸癌を切っていたと聞きました。やりがいのあるゴールが見えていて、しかも元気になって退院していく患者さんをたくさん見てこられたでしょう。それなのに、こんな病院で、よく黙々と働いていらっしゃる」

「もちろん悩むことはあります。大学にいたときよりも大変だと感じる時さえあります」

画面端に追い込まれ、窮地に陥っている空手家を目で追いながら、哲郎は続ける。

「でもここで働くようになって、良かったと思うこともあるんですよ」

「良かった？」

「大学にいた頃を思い返すと、治療した癌の形や色調についてはしっかりと覚えているんですが、患者さんの顔をほとんど覚えていないことに気付くんです。私なりに真面目に医療をやっているつもりでしたが、相手の顔をちゃんと見ていなかったのかもしれません。でも、ここでの仕事ではひとりひとりの顔がよく見えます」

秋鹿は何も答えず、ほとんど無機的にコントローラーを操作している。

「ゴールが死亡診断書というのは確かに悲しいですが、患者の顔を覚えていない医者も、ずいぶん悲しいと思うんです」

「なるほど、マチ先生はやはり僕にとってのトランキライザーですよ。お話をしているととても心が落ち着きます」

わずかに言葉を切ってから、ただ、と続けた。

「患者の顔が見えるということは、共感するということです。共感というのは、心にとってはなかなかの重労働でしてね。とくに悲しみや苦しみに共感するときには、十分に注意が必要です。度が過ぎると、心の器にヒビが入ることがあります。ヒビだけなら涙がこぼれるのみですが、割れてしまえば簡単には元に戻りません。それを、精神科の世界では発病と定義づけるのです」

精神科医としての、すなわち心の治療を専門としてきた者としての、深みのある言葉であった。

「発病を避けるために、人は何かしらのレクリエーションを行うものです。私がストツーやぷよぷよに夢中になるようにね。しかしレクリエーションですべてが解決されるわけではありません。くたびれたと思ったときには、適当に携帯の電源を切ることも大事ですよ」

「心しておきます」

哲郎は笑って答えた。

「電源を切ったときは、先生が代わりに往診に行ってくれそうですしね」

「それくらいお安い御用です」

ふいに画面上に、『YOU　LOSE』と大きな文字が躍り出た。空手家が画面の中央に倒れている。

うーむ、と唸《うな》った秋鹿は、とんとんと肩を叩いてから、首だけ巡らせて振り返った。

「マチ先生は、今お暇なんですか?」

「このあと、塾に龍之介を迎えにいく予定だったのですが……」

哲郎は壁の掛け時計に目を向けた。

時間は十時半である。

「実は、往診にもう少し時間がかかると思って、中将先生に迎えをお願いしてしまいました。ここで待っていれば、十一時ころに勤勉な甥が到着する予定です」

「なるほど、それなら」と秋鹿が、卓上に置いてあったもうひとつのコントローラーを手に取った。

「たまには僕のレクリエーションに付き合いませんか？」

「私がストツーですか？」

「勝っても負けても、誰も傷つかないし、患者が亡くなるわけでもない。真剣勝負も大事でしょうが、責任を取らなくてよい戦いというのも、なかなか楽しいものですよ」

にこりともせずそんなことを言う秋鹿に、哲郎は笑ってコントローラーに手を伸ばした。


塾の夏期集中講座を終えた龍之介が、中将亜矢に車で病院に送ってもらったときには、日も真っ盛りの中天に昇っていた。

龍之介が、病院の裏口から二階にある医局に上がっていくと、ふたりの内科医が、冷房の効いた室内で古い格闘ゲームに夢中になっている。

「やあ、おかえり、龍之介」

哲郎は背中越しに答えながら懸命にボタンを押しているが、操作している赤い胴着のキャラクターは画面端に蹴り飛ばされている。

「往診、大丈夫だったんですか、マチ先生」

「予定より早く終わってね」

「マチ先生もストツーできるんですね」

「言っておくが、お前が生まれてくるより前のゲームだぞ。私だって、中学校時代にはゲーセンに足を運んだことくらいはあるんだ」

「その割には……、だいぶやられているみたいで……」

龍之介の言葉に重なるように、赤い空手家は「うわあ」と声をあげてノックアウトされた。

「たしかに、これなら、龍之介君の方が上手です」

秋鹿の論評も容赦がない。

龍之介が京都に来たばかりの頃は、よくこの医局で哲郎を待っていたものだ。

大学ほど多忙ではないといっても、急な往診や病棟患者の急変などは、どうしても一定の頻度で生じる。さりとて、まだ小学生の、おまけに引っ越してきたばかりの龍之介を家に置いておくわけにもいかず、哲郎はしばしば医局に連れてきていたのだ。

そんなとき、秋鹿はいつもゲームをして遊んでくれたものだ。もっとも、秋鹿本人に言わせれば、

〝僕が龍之介君に遊んでもらっていたんです〟

ということになる。

秋鹿だけではなく、鍋島には夕食に連れて行ってもらったことがあるし、今でも、塾の送り迎えに中将が動いてくれることは、その時の名残りなのである。

「マチ先生に聞きましたよ、龍之介君。中学一年生の夏休みに、塾に行っていると？」

「英語の夏期集中講座です。三日間だけですよ」

「いけませんねぇ」

第二ラウンド開始早々、逃げ回る哲郎に容赦のないコンボを叩きこみながら、秋鹿が平然と続ける。

「ゲームもせずに夏期講習なんて、健康な中学生のやることではありません。元精神科医としての助言ですが、君に今必要なのは、勉強ではなく、ゲームかデートですよ」

あぁ……、と情けない声を出したのは、哲郎だ。

非の打ちどころのない惨敗である。

やれやれと頭を掻きながら、哲郎が振り返った。

「講習は無事終わったんだね。中将先生は、問題なく迎えに来てくれた？」

「迎えに来てくれたのはいいんですが……」

言いよどむ龍之介に、哲郎が怪訝《けげん》な顔をする。

「何かあったのか？」

「やっぱり、あんなすごい車で迎えに来てもらうくらいなら、僕自分で帰りますよ、地下鉄使えばそんなに困らないし……」

中将亜矢の愛車は、いやでも目を引くシルバーのアストンマーチンである。V8エンジンの超高級オープンカーで、しかもドライバーは小柄であっても存在感のある中将亜矢である。自信にあふれた笑顔の女性が、サングラスを持ち上げて、オープンカーの運転席から手を振れば、塾の前で注目を集めないわけにはいかない。男子は英国製のスポーツカーにスマートフォンを向け、女子は、亜麻色の髪の女性と赤い顔をした龍之介という組み合わせに興味津々だ。

「目立っちゃって、なんだか変です」

「目立つことは変じゃないさ。悪いことをして噂になるのは困るが、夏休みに塾に行っているだけなんだから」

一見、聡明で色々なことを教えてくれる伯父が、こういう問題になると驚くほど鈍感で的外れなことを龍之介は知っている。反論しても意味はない。

「それより、出掛けなくていいんですか。花垣先生との待ち合わせ」

龍之介の催促に、哲郎は慌てて時計を見た。

「いけない、いけない。秋鹿先生、ありがとうございました」

「どういたしまして。病棟の方は心配いりませんからね」

モニターから目を離さず、ぱたぱたと手を振りながら秋鹿は付け加えた。

「また僕のレクリエーションにお付き合いください」

哲郎は白衣の背中に一礼し、龍之介とともに医局をあとにしたのである。

〝今度、龍之介君も連れて一緒に行かないか？〟

先週、そう言ってランチに誘った花垣が、具体的に店を指定してきたのは二日前のことだ。

鴨川沿いと言っていた店が先斗町《ぽんとちょう》だと聞いて、哲郎は思わず聞き返していた。

〝先斗町でランチですか？〟

〝時代の趨勢《すうせい》ってやつだな〟

そんな言葉に続けて、店の場所と時間を告げたのである。

病院を出た哲郎と龍之介は、熱のこもるアスファルトの上を歩き、いったん鴨川沿いに出て、北へ上って行った。町中の雑踏を歩くより、風の通る河川敷の方がまだ涼しいかと考えた結果だが、さすがに日陰がないと暑い。暑い中でも鴨川名物の、点々と河原に座るカップルたちは健在である。

やがて河岸の小さな石段から入り込んだ先斗町界隈は、人が歩くには十分だが、車はぎりぎり入れるかどうかといった細い石畳の道である。

黒光りする格子戸や、漆喰壁の古い民家が軒を連ね、風に躍る暖簾や、屋号が意匠された軒灯が、そこに興趣を添えている。一見色彩の乏しい風景でありながら、格子の向こうや暖簾の下に、花菖蒲や蛍袋が生けられて、さりげなく目を楽しませてくれる。

「なんだか面白い通りですね」

龍之介の声に、哲郎は辺りを眺めながら答えた。

「もともとは古い夜の町さ。あんまり子供が足を踏み入れるようなところじゃなかったが、最近は昼間に営業している店も増えて、ずいぶん雰囲気が変わってきたらしい。まあ、まだ龍之介が夜に来るような場所じゃないかな」

先斗町はもともと高級歓楽街とでもいうべき通りだ。

以前は昼間となると、暖簾も見えず、木戸も閉まり、仕舞《しも》た屋の並びかと思うほど閑散としていた。それが夜になると一転、煌々と明かりが連なり、スーツや着物の男女が往来して、大変な賑わいになる。

そのギャップがこの一帯の景色であったのだが、最近では昼間の営業も増え、小さな土地にチェーン店が入ることもあって、雰囲気は大きく変わりつつある。

指定された店は、軒先に鉄製のランタンを下げた瀟洒《しょうしゃ》な洋食店であった。

間口は広くはないが、いくらか光の落とされた店内に入ると、不思議なほど奥行きがあり、絶妙に外光が調整された窓際にテーブル席が並んでいる。

そこで右手を上げたのは、花垣だ。

「お疲れさん、医局長」

「未来の教授をお待たせしてすいませんね」

言いながらちらりと目を向けた先は、花垣の隣に座っていた初老の紳士であった。黒々とした顎鬚を蓄え、半そでのワイシャツにループタイをつけた紳士は、哲郎の視線に答えるように立ち上がって一礼した。

「医療系雑誌の編集者をやっている葛城《かつらぎ》さんだよ」

「葛城と申します。始めまして、雄町先生」

ゆるやかに頭を下げてから取り出した名刺には、葛城憲の名前とともに『エキスパート・ドクター編集部　副編集長』の肩書きがある。わずかに甘い香りが漂ったのは、パイプか葉巻を選ぶ古風な愛煙家なのだろうと、哲郎は当たりをつけた。

「エキスパート・ドクターですか、聞いたことがあります」

「医師や医学生向けに情報を発信している医療雑誌です。版元はそれほど大きな出版社ではありませんが、正確で質の高い情報が売りです」

柔らかな物腰で葛城は自己紹介をする。

「俺の取材に来ているんだ。ボストンでの内視鏡ライブの話をいち早く聞きつけてきたらしくてね。誌面で特集を組んでくれることになっている」

「つまりマスメディアからも、結構な注目を浴びているということですね」

「そんな立派なもんじゃないよ。葛城さんとは俺が若い頃からの付き合いで、これまでも論文を取り上げてくれたりもしている。まあ、贔屓《ひいき》にしてくれているってことだ」

「贔屓ではありません」

葛城がやんわりと遮った。

「私は花垣辰雄という人物に惚れ込んでいるんです」

ともすれば浮き上がりそうな台詞だが、自然体で、卑屈さもなければ気負いもない。

「先生が高みを目指してどこまで上っていくのか、楽しみに見守らせてもらっている、いわば先生のファンですな」

「ファンはありがたいんだが、どうせ惚れ込んでくれるなら、うるわしい御婦人編集者だと、俺のモチベーションも上がったんだがな」

「華がなくて申し訳ない。せいぜい先生の記事に花を添えるよう努力しますよ」

社交辞令に無難なユーモアを取り混ぜて、いかにも熟練の編集者といった返答だ。それを軽々と受け流す准教授の方も、十分にずぶ太い神経の持ち主と言えるだろう。

哲郎は、同行の甥を紹介してから向かい側に腰をおろした。

いつの間にか傍に立っていたウェイターが、グラスに水を注ぎ始める。

「しかし、後輩との会食にまで出かけてくるというのは、またずいぶんな密着ぶりですね」

「俺は今日くらい遠慮してくれと言ったんだがなぁ」

花垣の声に、葛城は黒い鬚の中に微笑を浮かべた。

「私が無理にお願いをしたんです。花垣先生が認めるほどの医師が、あっさり野に下って、地道な地域の医療を支えている。なにかちょっと興味深い物語があるような、そんなにおいを嗅ぎ取ったんです。まあ、こういう業界にいる者の直感というやつですかな」

葛城の目は、少年のようなまっすぐさで哲郎に向けられている。

横で見ていた龍之介が戸惑うくらいの遠慮のない視線であったが、哲郎は会釈で応じただけだ。

やがて、龍之介以外の三人のグラスにはシャンパンが注がれ、前菜が並び、ずいぶんと豪奢《ごうしゃ》なランチが始まった。

ソムリエらしき男性の「フローラルなアロマ」や「熟した果実とはつらつとした酸」といった説明を、ほとんど外国語を聞くような心持ちで、龍之介は聞いている。

「花垣さんのことだから、床《ゆか》の方かと思っていましたよ」

哲郎が視線を向けたのは、窓の外の鴨川沿いに並んだ「床」と呼ばれるテラス状の空間だ。河川敷の上に張り出した木製のテラスは、夏のこの町の風物詩で、今も多くの観光客の姿が見える。

「悪くはないんだが、エアコンのある現代社会で、真夏にやるもんじゃない。涼をとるどころか、相当暑いぜ」

「でしょうね」

気楽な遣り取りの間にも、花垣は軽々とシャンパンを飲み干している。

前菜のあとに運ばれてきたバターロールは焼きたてで、龍之介が指先でそっと引いただけでほどけるように千切れていく。感嘆の吐息を漏らす少年を、愉快そうに眺めながら、花垣が言う。

「そういや、うちの医局員にえらく熱心な若手がいてな。頭はいいし、筋もいい。もっと内視鏡を勉強したいって言っているんだが、原田病院に勉強に行かせてもいいか？」

「私のところにですか？」

「気が進まんか？」

「気持ちの問題というより、症例数の方ですよ。緊急内視鏡なんてほとんどないし、ＥＳＤ（内視鏡的粘膜下層剥離術）だってＥＲＣＰ（内視鏡的逆行性胆管膵管造影）だって、週に一件あるかどうかの病院です。大学にいた方がよっぽど勉強になるでしょう」

「その一件を見せてやりたい」

短い花垣の言葉には、独特の引力がある。

横で聞いている龍之介は微妙な威圧感を感じたくらいだが、哲郎は穏やかに首を振った。

「勘弁してください。私が教えられることなんて何もありません。大学には、それこそ西島君や天吹君がいるでしょう。私なんかのところに来て、若い先生を失望させたら、先輩のメンツにもかかわりますよ」

「俺としてもそう言ってやりたいくらいだが、お前の内視鏡を実際に見てきた者としては、嘘をつくわけにもいかん」

「また大げさな……」

なかば呆れ顔の哲郎に対して、花垣はあくまで悠然たる態度だ。

「お前さんの仕事っぷりは、それだけのインパクトを残したってことだ。未だに、他科のドクターからも、雄町先生はどこに行ったのかと聞かれることがある。医局の中にも、お前さんから内視鏡を学びたいって奴は今でもいる」

「そんなこと、教授の耳にでも入ったら大変じゃないですか」

「その通りだ」

花垣は頬に苦みを漂わせながら、傍らのウェイターに赤ワインをオーダーした。

「なんせ、あの寡黙な飛良泉《ひらいずみ》教授を激怒させた男だからな」

「教授を激怒させた？」

口を挟んだのは葛城だ。

「そうですよ。この男は、実戦部隊のトップとして医局を引っ張る立場にありながら、いきなり退局を申し出て、教授を激怒させたんです」

「私はただ」と哲郎が、軽く髪を掻きながら苦笑する。

「子育てのためにワークライフバランスを調整しただけなんですが、あんなに怒られるとは思っていませんでした。おかげで今も大学医局には出入り禁止ですからね」

「つまり、それだけ期待してたってことさ」

「なるほど」と無難な相づちを打つ葛城の横で、花垣は赤ワインの注がれたグラスを手に取った。軽やかにテイスティングして、ウェイターに向かってうなずいてみせる。一連の流れるような動作を、龍之介は緊張で身を固くしたままじっと見つめている。

「ま、あんまりやかましい話をしてもいけないか。今日は、勉強ばかりで神経をすり減らしている龍之介君の気分転換なんだからな」

「それはありがたいですね。引き続き誘ってやってください」

「もちろんだ。マイペースな保護者から妙な影響を受けないように、しっかり俺が引っ張ってやらないといけないからな。そういう意味では、お前さんにも立派な医者としての働きをぜひ見せてほしいね」

何が立派な医者かといえば、必ずしも答えは一通りではない。

それくらいは哲郎も花垣もわかっている。

花垣の立ち位置が、並みの医師たちより、はるかに多くの重圧と責任を背負う場所であるということは、明らかだ。

最先端の医療現場は、成功すれば賞賛と脚光を浴びて栄光の道が開けるが、失敗すれば、たちまち非難と批判にさらされ、悪くすれば訴訟や地位の剝奪から、人生そのものを失うことになりかねない世界なのである。

一方で、野にくだった哲郎が目にした現場も、気楽なものではない。答えのない場所で死と向き合う。一言で言えば混沌としている。

そんな先輩と後輩のつかみどころのない対話を、葛城は静かな目で見つめている。見つめていると言っても、じっとしているわけではなく、ナイフとフォークは自然に動かしながら、まるで風景の一部にでもなってしまったかのように存在感を消し、必要な時だけ表に出てきてはまた遠ざかっていく。熟練の聞き手とはこういう存在であるかもしれない。

「まあ私には、なにが正しいことかわかりませんが」と哲郎はバターロールを手に取りながら続けた。

「龍之介に望むのは、立派な医師になることより、立派な大人になってもらうことですよ」

ふいに注目を向けられて龍之介は思わず背筋を伸ばす。

「立派な大人、ですか？」

「そうだね。世の中には、医師以外にも、人の役に立てる職業はたくさんある。政治家や、科学者だっていい。医師は目の前の人の命を救うことはできるが、温暖化を止めることはできないし、世界に平和をもたらすこともできない」

手元のパンを眺めながら、哲郎は続ける。

「しかし政治家なら、環境を守る法律をつくることができるし、科学者なら大地震を予測して多くの人の命を救うことができるかもしれない」

「でも」と迷いがちに告げたのは龍之介である。

「僕は政治家になりたいとは思いません。だって政治家って、なんだか悪いことばっかりしているイメージですよ」

少年の少年らしい反論の間に、メインディッシュの白い皿が運ばれてきた。

「それはこの国特有の問題だよ。国によっては、子供の将来の夢のトップに政治家が来ることだって珍しくないんだ。私はその方がはるかに健全な社会だと思うね。この国だって昔からろくでもない政治家ばかりだったわけじゃない。政治にかかわる人たちの器がすっかり小さくなってしまったのは、政治の問題というよりは、マスメディアの品性と、国民の知性の問題だと私は思っている。新聞や雑誌の紙面は、否定的で攻撃的な言葉であふれかえっているだろう。

何をやっても批判と非難ばかりをぶつけられる世界に、まともな神経の持ち主なら、足を踏み込もうとは思わないわけさ」

珍しく長広舌《ちょうこうぜつ》をふるってから、哲郎は「あ」と短い声を上げて葛城を見た。

それまで壁に溶け込むように気配を消していた葛城が、ふいにテーブルの前に戻って来た。

「お気になさらず」

マスメディアの代表のような位置に立ってしまった葛城が、微笑とともに応じた。

「とても興味深い話です。俯瞰《ふかん》的で、機知に富んでいる。世辞ではありません」

鷹揚《おうよう》に答えながら、葛城はメインディッシュのハンバーグにナイフを通し、ゆっくりと口に運んで告げた。

「私が言うのもなんですが、うまいです。冷める前にどうぞ」

ランチのメインは、デミグラスソースのかかった小ぶりな球形のハンバーグだ。

先ほど運んできたウェイターは、和牛百パーセントに、有機栽培の玉ねぎを使用したと説明した。

「確かに、うまいですね」

哲郎が、ひと口食べてうなった。

けして大きくはないハンバーグは、思いのほか淡泊な味つけだが、はっとするような素材の風味がある。肉料理で香りを美味だと感じる体験は、哲郎にとってとても新鮮だ。

葛城が嬉しそうにうなずき、その横で、花垣も満足げにフォークを動かしている。

「ちなみに俺も来たのは初めてだ。実は葛城さんが教えてくれた店でね」

「そういうことでしたか」

「また名店を紹介しますよ。京都に住んでいて、一軒に居ついてしまってはもったいない」

ナプキンで口元を拭きながら、葛城は目元だけで微笑んだ。

デザートのフルーツを添えたアイスクリームが出てきたところで、哲郎の携帯電話が控えめに主人の注意を促した。

哲郎は携帯を片手に席をはずし、一分ほどで戻ってきたときには、苦笑が浮かんでいた。

「まさかと思うが日曜日のランチの最中に呼び出しか？」

「終末期の方がいましてね、今しがた呼吸が止まりました」

ランチに不似合いな内容であったが、力みのない口調が、浮薄な感傷を遠ざけていた。

「今朝フェントスを増やしたばかりで、もう少し持つかと思っていましたが、計算通りにはいきません。お看取りに行ってきます」

「マジかよ」

思わずつぶやく花垣をよそに、哲郎は龍之介に帰り道が大丈夫かどうか確認する。もとより三条京阪の自宅まではひとりで歩ける距離である。

「タクシー呼ぶかい、医局長」

「病院まで戻って自転車で行きますよ。その方が早いですから」

「ちなみに、医局長が自らランチを中断して行かなきゃならん案件なのか？」

「医局長が必要かどうかは別として、誰かが行かなければいけません。〝お疲れ様〟と声をかけるには、医師の肩書きが必要です」

哲郎は葛城にも会釈し、それから傍に立っていたウェイターにも礼を述べてから店を出て行った。

一連の動作はどこまでも平静で、これから一人の人間の死に立ち会うという重さも厳しさも見せなかった。

「まったくお前の保護者は、変わり者だよ」

哲郎の去った戸口から、龍之介に視線を移して花垣が告げた。

「甥には、たくさんの人を救うでかい仕事を勧めながら、自分はひとりの病人の看取りに出かけていくんだからな」

呆れ声ではあるものの軽蔑はなく、片隅に親しみが籠められている。この辺りが花垣という人物なのであろう。

「ほんと、大学に戻ってくれりゃ、これ以上はないほど心強いんだけどな。簡単には動きそうにない」

「そのようですな」

ぼそりと告げたのは、葛城であった。

卓上には、すでに珈琲も届いている。ティースプーンでゆったりとカップの中をかき混ぜながら葛城は続けた。

「花垣先生が彼を高く評価するのもわかる気がします。なかなか不思議な先生ですな。話を聞いていると、臨床家というよりは、むしろ思想家とでも言えばいいのか……」

「そりゃ、意外と的を射た感想かもしれませんよ」

花垣がスプーンでアイスクリームをすくいながら続けた。

「大学医局にあったあいつの机の上は、医学書なんてろくになくって、やたらと難しい哲学書がいろいろ積んでありましたからね」

「哲学書？」

「なんていったかな。カントに、プラトンに、ヒュームに、スピノザ……。少なくとも医者のデスクには見えなかった」

「それはまた、尋常ならざる読書遍歴ですな。しかも実に広範囲に渡っている」

「そういや葛城さんは文学部の哲学科出身だったっけ？」

「そうです。学生時代は私なりにいろいろな書籍を読み漁りました。もちろんプラトンやカントは王道でしょうが、しかしスピノザというのは興味深い」

葛城は過去に思いをはせるように、明るい窓外に視線を巡らす。

コーヒーカップを揺らせて香りを楽しむ葛城の姿に、龍之介は惹きつけられるように耳を澄ませた。

「スピノザは不思議な人物でしてね。けして長くない一生のうちに歴史に残るような大著を書き上げておきながら、著作の先鋭さゆえに生涯にわたって多くの非難や迫害にさらされていました。結局、哲学の表舞台に出てくることはありませんでしたが、亡くなる直前まで執筆は続けていたようです。民家の片隅で、レンズ磨きの仕事をしながらね」

「レンズ磨き？」

訝《いぶか》る花垣に、葛城がうなずいた。

「高度な技術と集中力を要する職人技ですよ。片手間でできる作業じゃありません。しかしスピノザの磨いたレンズは、曇りひとつない見事なものだったそうです」

りん、と音が鳴ったのは、店の戸が開いて新たな来客があったためだ。品の良さそうな老夫婦が入ってきた。

葛城は、目じりに皺を刻みながら、優し気な目を龍之介に向けた。

「あの先生も、いいレンズを磨くのかもしれませんな」

龍之介にとって、わかりやすい言葉ではなかった。けれども、なんとなくそうなのだと答えたくなる言葉であった。

花垣は身じろぎもせず、しばし戸口を見つめ続けていた。


坂崎幸雄が息を引き取ったのは、その日の昼過ぎである。

哲郎が自宅に着いたときには、すでに心拍はなく、そばには訪問看護ステーションから駆けつけた看護師が付き添っていた。

いつもの布団に、いつもの坂崎が横たわっていた。薬を増やしたおかげであろうか、表情は闘病していた時よりはるかに安らいでいた。それでも命の去ったその頬は、今朝見た時よりはるかに痩せこけて見え、これほど肉が落ちていたということに、改めて気づかされる姿であった。

哲郎の仕事は多くない。

ただ声なき患者に最後の診察を行い、死亡時刻を確定するだけだ。

妻の芽衣子は、取り乱してはいなかった。

黙って涙を拭い、そろえた両手を畳について、

「長い間、ありがとうございました」

そう告げた声は、かすかに震えていたが、力を失ってはいなかった。一つの命に最期まで寄り添い、見送った者の気格というものであろう。

「先生のおかげで、本人の望むとおりに畳の上で見送ってやれました」

「奥さんのおかげです。あなたがいなければ、我々がどんなに努力しても、こんな形で看取ってあげることはできません」

哲郎の傍らで、看護師も何度もうなずいている。

「たいしたものはありませんけど、水菓子のひとつでも食べていかはりませんか？」

芽衣子のいつもの申し出を、哲郎はやんわりと辞退した。

あとを看護師に任せて坂崎家を出ると、たちまち息苦しいほどの熱気が押し包んでくる。向

かいの軒先では、先日と変わらぬ白い半夏生が乾いた夏風に揺れていた。

――これで良かったのか……。

そんな問いかけを、哲郎はしないことにしている。

良かったか悪かったかは、突き詰めれば結果論でしかない。結果から見れば、読み間違えることもあり、力の及ばなかったことも目に見えてくる。つまり完璧な医療以外は、すべて誤りを含んでいることになってしまう。反省も検証も無論大切だが、あくまでそれは生者の領分で、死者に手向《たむ》ける言葉にはならない。

ゆえに哲郎は、戸口に向き直って一礼する。

――お疲れ様でした。

それが、旅立った者に送る唯一の言葉である。

哲郎は頭を上げて、坂崎家に背を向けた。

ちょうど向かいの木戸が開いて出てきたのは、麦わらを被った腰の曲がった老人だ。往診のときには、いつも無愛想な顔のまま片手を上げてくれる人物である。何度も行き合っているが、言葉をかわしたことは一度もない。

その老人が、しかし何かを聞いていたのだろうか。哲郎に気が付くと、正面を向き、麦わらを取ってから深々と頭を下げた。すぐ足元の半夏生も、ふわりと風に揺れて、まるで老人に合わせるように頭を垂れて見えた。

一連の景色は、すべてが透明なほどの自然さで、哲郎もまた誘われるように足を止め、丁寧に頭を下げていた。

顔を上げれば、いつもと変わらぬ日常が広がっている。

石畳には陽炎が立ち、空は青々と晴れ、立っていればじわりと汗のにじむような暑気が迫ってくる。

哲郎は自転車にまたがり、いつものようにゆっくりとこぎ出した。

夏は佳境に入り、北の峰々に、まもなく送り火が灯ろうとしていた。

第二話　五山

「血圧１７０？　そら、ちょうどええやないか、先生」

哲郎の外来診察室に、鳥居善五郎《とりいぜんごろう》の野太い声が響いていた。

時刻は昼過ぎ、混雑していた午前の外来もようやく終わりがみえようという頃合いだ。

「いつも言うとるやろ、先生。わしはなぁ、血圧１８０をちょっと切るくらいが、一番調子ええんや」

大きな掌で診察机を叩きながら、鳥居は待合室の他の患者にまで言い聞かせるような調子で持論を展開する。もう何年も高血圧で通院している患者である。

七十五歳には見えない堂々たる体軀の持ち主で、声は太く、胸板も厚い。もともと地元の建築会社の取締役を務めていたという経歴もあって、貫禄も十分で、八月の暑い盛りに、いかにも上質なジャケットが板についている。

弱冷房の診察室で、ときどき暑そうに襟元を扇子で扇《あお》ぐ様子は、いかにも往年のやり手の取締役を彷彿《ほうふつ》とさせてくれる。

「しかしね、鳥居さん」

哲郎が動じないのは、相手の主張がいつものことであるからだ。

「やっぱりもう少し薬を増やした方がいいですよ」

鳥居は長く高血圧で通院しているが、いつも血圧は160を超えており、180を超えることも珍しくない。治療の強化を提案しているが、返答はなかなか変わらない。

「ええか、先生」

鳥居は、ぬっと上半身を哲郎の側に乗り出した。

「人間っちゅうのは、それぞれに顔や背格好が違うように、血圧も千差万別や。そら、血圧下げた方がええ人もおるやろうけど、みんながみんなそうやない。先生の言うガイドラインっちゅうのがどんなにえらいか知らんけどな、血圧135を超えたら、京都人も大阪人も、奈良の田舎モンもみんな高血圧やと決めつけるなんて、アホな話があるかい」

「奈良県民が怒りますよ」

「わしなんて、血圧が140より下がってみい。たちまち眩暈《めまい》も出てくるし、足には力が入らんし、若い女の子に声かける元気も、なくなってしまうやないか」

「では、世の女性たちのために、もっとしっかり血圧を下げるとしましょうか」

押しても引いても恬然《てんぜん》と構えている哲郎に、鳥居も少しずつ勢いをそがれていく。

いろいろと主張があるわりに、鳥居がちゃんと外来通院を継続し、出された薬だけは余さず飲んでいることを哲郎は知っている。頑固な人物だが、非常識なわけではない。要するに理屈は通じる。

「高血圧というのは元来が症状が出ないものです。でも知らない間に、動脈硬化が進んで突然脳梗塞や心筋梗塞を起こしたり、動脈瘤をつくって、くも膜下出血になったりして、危険な合併症がいろいろ起こるんです。170の血圧を放っておいていいかって言うとね……」

淡々と説明しながら、ちらりと哲郎が視線を向ければ、鳥居は眉を寄せて考え込んでいる。

わずかに間をおいてから、

「どうしても薬を増やした方がええんか？」

「少しだけですけどね」

少しだけ、というところに力をこめて哲郎は相手を見返した。

ようやく処方を納得させ鳥居を送り出したところで、ふいに磊落《らいらく》な笑い声が聞こえてきたのは、壁一枚挟んだ隣の診察室からだ。

「大丈夫や。ここまで来たら、がんばるしかないやないか」

声の主は、隣で外科外来をやっている鍋島である。

「手術はたしかに心配やろう。もちろん百パーセント安全やとも言えん。しかしやらんわけにはいかんのや。大丈夫やと信じて、乗り越えるしかない」

鍋島らしい大らかな声が、聞こえてくる。壁があるとはいえ、各診察室は窓側の通路でつながっているから、筒抜けなのだ。鍋島が励ましている相手は、今週、胃癌の手術を受ける予定の患者である。

なにやら不安を繰り返す患者に、鍋島が忍耐強く説明し、最後に、

「一緒にがんばろうやないか」

ただ磊落なだけではなく、朗々と腹の底まで届くような響きであった。

窓際に立つ土田は、優しげな目を外科診察室に向けている。

患者にそれぞれの価値観や人生観があるように、医者もまた千差万別である。診療の進め方ひとつ取ってもずいぶんと違う。

「相変わらず院長らしい外来ですね」

哲郎の声に土田が振り返る。

「そうですね。院長は相変わらずの院長ですが、しかしマチ先生だって、先生らしい外来ですよ。あの頑固な鳥居さんを、なんだかんだ言いながら、うまく誘導しているんですから」

言われてみれば、その通りかもしれない。

哲郎は、風を読んでゆっくりと舵をきっていく帆船のように診療を進めていく。焦らず、急がず、遠くを見つめて目的地までかかる時間をいとわない。一方で、荒波をものともせず悠々と乗り越えていく大型タンカーのような鍋島流もある。

中将は歯切れのよいロジックと自信にあふれた微笑を武器にしているし、秋鹿《あきしか》の場合、言葉数は多くないが、その診療には独特の緩急があり、自然と患者の緊張を解いてしまう。医師と患者の遣り取りをずっと眺めている土田の目には、さぞかし面白い景色が映っているに違いない。

「マチ先生、今大丈夫ですか？」

ふいのそんな声は、恰幅の良い土田の向こうに遠慮がちに顔を見せた男性のものだ。ソーシャルワーカーの緑川である。

「外来終わりました？」

「今終わったところだよ」

鳥居の処方箋を手早く入力して、哲郎は椅子を回転させた。

「辻さんの件？」

「そうです」と答えた緑川は、原田病院のメディカルソーシャルワーカーである。華奢《きゃしゃ》な体格で胸元に抱きしめるようにしてファイルを持っている姿は、どことなく頼りない雰囲気だが、仕事は迅速で正確だ。

「辻さん、やっぱりこれ以上の内視鏡治療を受けるつもりはないって返事でして……」

ファイルを開きながら、緑川が困惑顔で告げた。

辻新次郎は、四週間ほど前に吐血で運び込まれてきたアルコール性肝硬変の患者である。診断は食道静脈瘤の破裂であり、救急室で輸血を開始しながら、緊急内視鏡でなんとか止血して救命した。本来ならそのまま、さらに数回の内視鏡処置を追加する必要があったのだが、本人が頑強に入院継続を拒否して退院したばかりなのである。

「やっぱりお金？」

「みたいです」

肩を落とした緑川が、ファイルに手を添えて続ける。

「ご本人は無職の独り暮らしです。結婚歴はありますが、奥さんはすでに他界していて、お子さんもいません。収入はときどきの日雇い労働ですけど、最近は体調不良もあって、さらに収入は減っていたみたいです」

「ベースに肝硬変があるからね。体調不良は当然あるだろう」

「そういう生活の中で、今回の入院費を見てだいぶびっくりされたみたいで。追加の治療なんてとても無理だと……」

哲郎は知らず知らず、髪を掻き回してしまう。こういうことをしているから、白髪が増えてくるのかもしれないと、見当違いの考えまで浮かんでくる。

辻は、重度の肝硬変があるが、入院中の経過は悪いものではなかった。なにより心配していたアルコールからの離脱症状も、秋鹿の処方が効いたのかほとんど出現せず、看護師の指示にも従って、リハビリや内服も受け入れていた。そういう意味では、思っていたほど手のかからない患者であったが、やはり一筋縄ではいかないらしい。

「四年前に奥さんを亡くしてから寂しさを紛らわせるために飲み始めたようで、収入のほとんどは、アルコールに消えていくみたいです。とりあえず国保の手続きだけでも手配を始めていますが、なかなか動いてくれなくて……」

「免許証だって、とっくに期限切れになっていたからね。本当にぎりぎりの生活をしていたってわけか。しかし静脈瘤は、緊急で結紮《けっさつ》を一か所かけただけだから、追加しないとまたいつ破裂するかわからない」

哲郎の静かな指摘に、緑川は頬を強ばらせる。

「肝硬変も継続的な内服治療が必須な状態だ。とにかく厳密な管理をしないと、早晩またどこかで血を吐いて運ばれてくることになる」

「一応、通院が大事だということは理解されているようで、来週の外来には来てくれます。費用については、生活保護の話も含めて進めているんですが、本人がいかんせん危機感がないようでして……」

「私の方からも話をしておくしかないか」

お願いします、と頭を下げて緑川は背を向けた。見送った土田が、渋い顔で哲郎を顧みた。

「次運ばれてきたときは、お金をどうこう言って笑っている余裕はないかもしれませんね」

哲郎は右手でもう一度、髪を掻き回していた。

辻は、追加すべき治療を拒否して退院した。当然気がかりは残るが、関わり方は難しい。まして奥さんを亡くしてから酒を飲み始めたなどと聞かされると無闇と厳しいことも言いにくいが、同情ばかりもしていられない。また吐血して運ばれてくれれば、本人はもとより受け入れる医療機関の側も大変なのである。

診察室に舞い降りてきた気鬱な空気を振り払うように、哲郎は窓の外に目を向けた。

「いい天気ですね。こういう日は、出町ふたばの豆餅が食べたくなりますよ」

「天気は関係ないでしょう。いつものことじゃないですか」

熟練の外来師長は、軽々と受け流して診察室を出て行った。

向かいの三味線教室の軒下では、強烈な日差しを避けた着物姿の若い女性たちが、集まって立ち話をしているのが見えた。発表会でもあったのか、菖蒲や芙蓉《ふよう》をあしらった、いつになく艶《あで》やかな着物が並び、病院前の花壇も顔負けの彩りだ。

「マチ先生」と、出て行ったばかりの土田が戻ってきて顔をのぞかせた。

「受付にお客さんが来てるらしいですよ」

「お客さん？」

「見慣れないお客さんです」

ちらりと壁の掛け時計に目を向ければ、午前の外来が少し長引いただけであるから、時刻は午後一時を回ったばかりである。多忙な准教授が立ち寄る時間ではない。

「とりあえず、お通ししますよ」

土田の声を背中で聞き流しつつ、哲郎はマウスを動かして入院患者のカルテを呼び出した。

巷《ちまた》の小病院に医師として勤めていれば、大学病院の准教授に限らず色々な客人がやってくる。製薬会社や医療機器の営業ならまだ良いとして、医師の収入を当て込んだ不動産業者や怪しげな物売り、はては宗教の勧誘まで院内に入りこんで来ることがある。さすがに古参の受付スタッフは、怪しい来訪者の多くを弾いてくれるものの、相手も巧妙になってくると万全とは言えない。

何にしてもアポイントなしで昼間に押しかけてくる客というのは、喜ばしい相手ではないだろう。

「失礼します」

客の声に、電子カルテを眺めていた哲郎は、気のない返事をしながら首だけを巡らした。そうして動きを止めて、二度ほど瞬きをした。

診察室に入ってきたのは、紺のスーツに身を固めた若い女性であった。

女性は、小さなバッグを両手で提げたまま、戸口で丁寧に頭を下げた。

背格好は、中将と同じくらい小柄だが、中将の亜麻色のショートヘアとは対照的に、長い黒髪を首の後ろでまとめている。雰囲気も正反対で、白い頬は緊張でほのかに紅潮し、まっすぐな目が哲郎に向けられていた。

無論、哲郎の記憶にない相手だ。

あからさまに困惑している哲郎に、相手の方が先に口を開いた。

「消化器内科五年目の南茉莉《まつり》と言います」

「はあ、ドクターですか」

なんとも間の抜けた応答である。その間の抜けた応答に、女性医師は律儀に「はい」とまた一礼する。そのたびに黒髪が艶やかに揺れる。

「花垣先生からご紹介をいただきました。火曜日の午後だけになりますが、先生からご指導を受けられると聞いてとても嬉しく思っています。よろしくお願いします」

ぽかんとしている哲郎の脳裏に、にわかに医局の先輩の意味ありげな声が響いた。

〝うちの医局員にえらく熱心な若手がいてな〟

先日先斗町の洋食店の、少し灯りを落としたテーブルの向こうで、ワイングラスを片手に笑う花垣が見える。

〝原田病院に勉強に行かせてもいいか〟

そういうことか、と哲郎は胸のうちで舌打ちした。

――教えられることなんて何もない。

そう答えたはずだが、都合の悪いところは全部聞き流して、平然と伏兵を送り込んできたらしい。花垣らしい手管《てくだ》だが、それにしてもずいぶんと華やかな伏兵だ。

「あの……、ご迷惑でしたか？」

「いや、大丈夫」

とりあえず応じた哲郎は、そんな返答自体が、花垣の術中にはまっていることを自覚せざるを得ない。もとより哲郎に選択肢はないというわけだ。

とにかく椅子を回転させて正対した哲郎は、型どおりの挨拶をした。

「私が消化器内科の雄町《おまち》哲郎です」

「存じ上げています」

「それはどうも」

なんとも間がもたないまま視線を泳がせれば、案内してきた土田が戸口の向こうからこっそり成り行きを注視している。よく見れば、その背後には看護師たちの顔もあり、こぞって好奇の目を輝かせている。

「南先生は、五年目って言ったっけ？　研修医が終わってから五年目？」

「いえ、研修医を含めて五年目です。消化器内科に入って三年目で、今年二十九歳になります」

はからずも初対面で女性の年齢を聞いた形になった。まったく気の利かない遣り取りに、土田が腕を組んだまま、大げさにため息をつく素振りを見せている。

「雄町先生の内視鏡技術は特別だから、しっかり見てくるように、花垣先生から言われました。月二回の当直にも入らせていただきますし、必要があれば、その他の業務もお手伝いできます」

「それはありがたいんだが、あまり期待してはいけない。花垣さんは、確かに立派な人だが、意外と適当なところがあるんだ。とくに他人の話となると、派手に風呂敷を広げて面白がるような性格の悪さがある」

言ってから哲郎は、慌てて口をつぐんだ。

見れば南は、大きな瞳を一層大きくして、びっくりした顔をしている。当然であろう。花垣は洛都大学の准教授であり、消化器内科を統率する一大実力者だ。いずれは教授になろうかという人物である。その未来の教授を、巷の小病院の内科医が堂々と『性格が悪い』と評している。学内にいては目にすることのない景色に違いない。

哲郎は強引に話題を転じた。

「せっかく来てもらったんだけど、今日は、内視鏡の処置が何もなくてね。午後は三件ほど大腸カメラを片づけたら、あとはのんびり回診するくらいなんだが、どうしたものかな」

「では検査の見学と、回診にご一緒させてもらってもいいですか？」

「そりゃ、構わないけど、あんまり楽しいものじゃないと思うよ」

「大丈夫です。お邪魔にならないようにします」

南の熱意の前に、哲郎は今さら拒絶も反論も口にできない。なかば気圧《けお》されるような形で、研修を引き受けることになっていた。

ちらりと視線を動かすと、戸口の土田が、なんと情けない返答だといわんばかりの顔でまたため息をついている。その背後の看護師たちの表情も似たり寄ったりだ。

……あの、エセ准教授め……。

哲郎は胸の内で小さく毒づいていた。


夕刻の医局に「波動拳！」の掛け声が響いていた。

中央のソファに座って、秋鹿が黙々とコントローラーを操作している。その指先が膝の上で素早く動くたびに、画面上では、空手胴着のキャラクターが人間離れした技を見せている。それを、壁際の椅子に座った哲郎は、コーヒーカップを片手にぼんやりと眺めていた。

医局の窓は、あいかわらず換気のために少しだけ開いている。そこから熱気をはらんだ外気とともに、往来のざわめきが近づいてきては、遠ざかっていく。いつもの三味線の音色は聞こえてこない。今日の教室は早めに閉じたらしい。

「これってストツーじゃないんですか？」

哲郎が、カップに口をつけながら口を開いた。

「同じキャラがいるのに、この前やったストツーとは画質も動きも全然ちがいます。ストツーにもいろいろあるんですか？」

「これ、ストシックス」

「すとしっくす？」

「ストリートファイター6《シックス》。新しいゲーム」

竜巻旋風脚！　という掛け声とともに、空手家が空中で回転している。

「ストツーにシックスがあるんですか？」

「ストツーはストリートファイター2《ツー》。これは、ストリートファイター6」

ほとんど意味のない会話が、天井に舞い上がって散っていく。

「よ、ご苦労さん」

そんな力強い声と共に医局に入って来たのは、外科の鍋島であった。医局の冷蔵庫から、チョコレートを取り出して口に放り込む。

「なんや、マチ君、えらい疲れた顔しとるな」

「処置も急変もないのに、ひどい疲労感です」

「例の、若い先生の指導やな」

訳知り顔の鍋島の笑みに、哲郎はため息をつく。

「院長は了解済みの話ですか」

「当たり前やないか。俺は一応院長やぞ。花垣君はその点抜かりなく、俺のところにも確認の連絡は取って来とる」

「ところが私のところには、なんの連絡も来ていませんでした」

「連絡したら断るやろうから、言わんでええと花垣君に釘を刺されとったんや」

なるほど、花垣もたいした政治家だが、院長も十分にタヌキである。

「しかし若い娘さんやったな」

にやにやと笑う鍋島に、哲郎はぐったりとしながら応じる。

「若い上に、礼儀正しいですし、頭もいいですよ」

「おまけに美人じゃないですか。まだ二十代だそうですねぇ」

手元はそつなく動かしながら、秋鹿が口を挟んだ。

「詳しいやないか、淳ちゃん」

「看護師たちが噂していました。勉強目的とはいえ、独身のマチ先生のもとに若い女性医師なんて来れば、看護師さんたちも気をもむんでしょう」

「ええなぁ。青春やなぁ」

「青春て……」

哲郎はほとんど絶句している。

「心配しなくても、皆が気をもむような情景とは無縁の、失望を振りまくだけの午後でしたよ。来週になったら来ないかもしれません」

哲郎の脳裏に、南茉莉の生真面目な顔が思い浮かんだ。


「高齢の方が多いんですね……」

病棟を回りながら、戸惑い顔の南が口にしたのが、そんな言葉であった。

処置がないというだけでも肩透かしであったろうが、大腸カメラを見学したあとの回診の景色も予想外であったらしい。病棟にはもちろん内視鏡治療でポリープや癌を切除して経過を見ている患者もいるが、寝たきりの高齢者ばかりの病室も少なくない。そういう部屋の空気は、病院というより介護施設に近い。

「お話ができる患者さんって、あまりいないんでしょうか？」

「内視鏡処置の患者を除くと、どうしても寝たきりか、認知症の方が多いからね。さっきの部屋にいた矢野きくえさんが、しっかり会話できる数少ない患者さんかな」

はあ、と南は困惑を隠しきれない。

哲郎の受け持ち患者に限ったことではない。総合内科の秋鹿はもちろん、外科の鍋島や中将の受け持ちにも多くの高齢者がいる。そういった患者たちは、まともに会話が成り立つ者の方が少ない。九十歳の矢野きくえが、いつものように丁寧に挨拶をしてくれたが、これは例外なのである。

南は元来が真面目な性格なのだろう。哲郎の説明を細かくメモなどにとっていたが、九十歳の心不全治療について、若い消化器内科医がどの程度興味を持ってくれたかというと、甚だ心もとない。

「この患者さんは、何もしていないのでしょうか？」

南が足を止めたのは、小さな点滴を一本ぶらさげただけの、痩せた女性のベッドの前だ。

八十六歳の清水弥生《やよい》は、寝たきりで会話もできず、食事も摂れていない患者である。一日250ミリリットルの点滴を一本行っているだけであるから、見た目はもう骨と皮に近い。

「身寄りもなくて、長いこと施設にいた人なんだ。先月から食べられなくなって入院になった。このまま看取るつもりだよ」

「食べられなければ胃瘻《いろう》を造ってあげればいいんじゃないでしょうか？」

いかにも率直な意見に、哲郎は首を左右に振る。

「施設に入るときに書いた、延命治療は希望しないという意思表示の記録が残っていたんだ」

「胃瘻は延命治療なんですか？　栄養管理をしてあげれば、まだまだ生きていけると思うんですが……」

その言葉のどこかに、かすかながら非難の響きが混じっていると感じたのは、哲郎の気の迷いであろうか。

「難しい問題だね」

切れ味の悪い返答になるのは、南の質問が、実際厄介な問題をはらんでいるからだ。

身寄りもなく、帰る家もなく、意思疎通もできない寝たきり患者に、胃瘻をつくってもとの施設に送り返すことが、正しいことか間違っていることか、明確な答えは示せない。

その微妙な部分を、短い時間で説明することは困難であったが、困難な部分を差し引いても、哲郎の返答は、説得力のあるものとは言えなかった。

「まあ日本は世界一の高齢国家だからね。医療の最前線の病院はだいたいこんなものだよ。ここだけが例外じゃない」

つとめて軽く応じたために、かえって軽薄に聞こえたかもしれない。

結局、十数名の高齢患者の回診をして、その日の業務は終了となったのである。


「なるほどな」

哲郎の話を聞いた鍋島が、もう一つチョコレートを口に放り込みながらうなずいた。

「そら、のっけから、印象最悪やな。花垣君からスーパードクターやと教えられてきたのに、寝たきりの患者を放置しているだけの、やる気のない医者に見えたかもしれん」

院長の論評は、核心をついているだけに遠慮がない。

秋鹿がアフロヘアを揺らして、気遣うように口を挟んだ。

「まあ仕方がありませんよ。五年目の先生ということは大学病院以外、どこかの総合病院でちょっと研修した程度でしょう。ここのような環境を目にする機会はまだまだなかったはずです」

「そうやな。三十年医者をやってる俺でさえ、迷うことは山ほどある。若いもんのリアクションにあんまり気を使うもんやない」

ぽんと哲郎の肩を叩いて、

「ま、たまには、はよ帰れ。書類仕事くらい明日に回してもええやろ」

「それが往診患者が急に熱発《ねっぱつ》しているようで、このあと見にいかなければいけません。とりあえず出掛ける前に、使い果たした気力を充電しているところです」

言っているそばからＰＨＳが鳴り、外来の看護師が、往診の準備ができたと連絡してきた。

普段の往診は哲郎が自転車で行くのだが、緊急時は、頼めば看護師が車を出してくれるのである。

「往診か、誰や？　坂崎さんはこの前亡くなったばっかりやないか」

「今川さんです」

「膵癌のあの人か……」

鍋島が太い眉を寄せる。

単に豪快なだけでなく、原田病院にかかっている患者のことを驚くほど細かく把握しているのが、この人物の並みでない一面だ。

「たしか七十歳くらいの進行膵癌の人やったな」

「昨年一度、洛都大学に紹介したときは七十歳でした。今は七十一歳です」

今川陶子《とうこ》は、昨年末に初診で膵癌が見つかった患者だ。発見時は手術に望みをかけて一度大学病院に紹介したが、切除困難の結論で戻って来た。抗がん剤を希望せず、自宅療養を続けてきた患者である。

「そろそろか？」

「なんとも言えません。思ったよりは落ち着いた経過でしたが、熱が出てきたとなると厳しくなってくるかもしれません」

「そら、すぐ帰るわけにもいかんか」

ぼりぼりと首筋を掻いてから鍋島が続けた。

「龍之介君に、なんか晩御飯でも届けといたろか？」

「大丈夫ですよ。さっきも電話しておきましたが、自分で作れるといっていました。もう立派になっています」

「そら、たいしたもんや」

鍋島は、窓の外の夕暮れに目を向けた。

どこかで盆踊りの練習でもしているのだろうか。さきほどまで静かであった窓外から、かすかに太鼓の音が聞こえていた。

誘われるように、秋鹿もモニターから窓外に視線を移していた。

「そういえば今週末は六道《ろくどう》まいりですねぇ」

「もう、そないな時期か」

六道まいりは松原通の六道珍皇寺《ちんのうじ》で開かれるお盆の代表的な行事のひとつだ。

この時期、寺の境内にある井戸があの世とつながり、そこを通じて先祖のお精霊《しょらい》さんが現世につかの間戻って来る。すなわち生ける人々が、今は亡き人を出迎え、思いを寄せる季節である。

「あの世とこの世がつながる時やな。何人か連れれて行かれてまうかもしれんな」

「手を引いてくれる人がいるということは、独りぼっちじゃないということです。意外に悪くはないのかもしれませんねぇ」

「なるほどな、相変わらず淳ちゃんはええこと言うわ」

厚い顎を撫でながら鍋島は、

「お盆やなぁ」

しみじみと、そんなふうにつぶやいていた。


炎天の続く八月初旬の週末、哲郎の姿は吉田山にほど近い、閑静な住宅街にあった。

数日前に足を運んだばかりの今川陶子の往診である。

もう少し足を伸ばせば銀閣寺にも届くその一帯は、哲郎の往診範囲としては、北限に当たる。車で往診する秋鹿に依頼することもある距離であったが、辺りはかつて勤めた洛都大学の近隣であり、地理を熟知していることから、哲郎が引き受けた患者であった。

前回の診察時、今川には38度の発熱があり抗生剤を処方していた。翌日には、訪問看護から解熱したという連絡を受け取っていたが、様子を見るために再び足を運ぶことにしたのである。

時候は夏の真っ盛りである。

市中では陶器市や古本市なども開かれて、道を誤ると大変な渋滞や人だかりに巻き込まれてしまうのだが、自転車の小回りを活かし、人通りを巧みに回避して、哲郎は吉田山のふもとにある大きな民家の前にたどり着いていた。

『今川』の表札が下がった建物は民家というより屋敷といった方が良いかもしれない。悠揚と続く築地塀《ついじべい》の先に、瓦屋根の表門があり、そこをくぐると、ゆるやかに弧を描いた飛び石に導かれて玄関へたどりつく。飛び石の両側の躑躅《つつじ》は綺麗に刈り込まれ、五葉松《ごようまつ》や百日紅《さるすべり》の向こうには、東山の山並みを眺めることができる。周りにも建物があるはずだが、各所に配された植木が巧妙に視界を切りとって、哲郎の位置からは見えない。

「借景になっています」

哲郎を迎えにでた今川の長男、幸一郎が、短くそんなことを言った。和装の長男は、目線を落としたまま哲郎を先導して、奥の廊下へ歩み出した。いつものことではあるが、軽く腰をかがめるようにして音もなく歩く長男のあとについていくと、哲郎はなにか現代とは異なる古い時代へ遡っていくような奇妙な感覚に捕らわれてしまう。

今川家は、京都でも由緒のある華道の家元の一族であるという。哲郎は詳しいことまで聞いていないが、江戸の中頃から栄え、殿上人《てんじょうびと》の覚えもめでたく広大な屋敷をこの地にたまわったという話だ。

以前に今川陶子本人が、寂《さ》びた微笑とともに言ったことがある。

〝もとは南禅寺の近くに本宅がありました。せやけど時代の趨勢には逆らえまへん。維新以後は力を無くして、土地を売り払い、今は別宅のここが残るばかりですわ……〟

この屋敷が別宅なら、本宅とはいかほどのものであったか、想像もつかない。

磨き上げられた長い廊下を二度ほど曲がった先の、庭に面した広々とした和室が、病室であった。

「どうですか、具合は」

畳に膝をつく哲郎に、布団から浴衣の今川がゆっくりと身を起こして頭を下げた。

今川陶子は、七十一年間を、格式と伝統の狭間で呼吸してきたような女性である。ささやかな動作のそこかしこに、年月が育ててきた品と艶とを纏《まと》いながら、ふとした仕草で娘のように見えるときもある。浮世離れという表現を、逡巡《しゅんじゅん》なく用いることができる希有な女性であろう。首の後ろでしばって肩から垂らした髪は、白髪を交えつつもなお豊かで、貧血がくわわって凄みのある白さを湛《たた》えた肌に、黒と銀の混じた髪が一層冴えて見える。

膵癌と診断されて半年余り。抗がん剤治療を今川が断ったのは、この髪が抜けることを嫌ったからだ。「髪くらい」と長男は悔しそうに言ったが、母の凜然《りんぜん》たる態度は、微塵もゆるがなかった。

〝髪を失うくらいやったら、このまま逝かせてもらいます〟

大家を担ってきた者の持つ風格とでも言うべきであろうか。

もとより膵癌に対する抗がん剤は、劇的に効果のあるものではない。主治医として迷いがなかったわけではないが、強力な化学療法を行って悲惨を目にしたこともある。

〝こんな患者、先生は阿呆やと思いますやろか？〟

頬をゆるめて問う今川に、哲郎はそれ以上多くを語らなかったのである。

「いただいたお薬で、お熱はさがりました。ありがとうございます、先生」

顔を上げた今川は、頬の肉は落ちているものの、三日前の往診のときより表情がよい。

「食事はとれましたか？」

「今朝はいくらかお粥さんをいただきました。気分はええと思います」

「なによりです」

今川を寝かせて、型どおりの診察をする。

貧血、るい痩、そして下肢の浮腫……。状態がいいとはもちろん言えない。

「先日の熱はおそらく軽い胆管炎を起こしたのではないかと思います。もう数日、抗生剤を飲みましょう」

「わかりました」

素直な今川の返事を聞きながら、鞄から取り出したカルテにメモを走らせる。視界の片隅の床の間で、素焼きの花瓶に生けられた柔らかな紫が揺れている。

「撫子《なでしこ》ですか?」

そんな問いに、今川が唇の隅で笑う。

「先生はお花、お詳しい?」

「いいえ、言ってみただけです。せっかく御花の有名な家に寄せてもらっているのに、何も言わないのはもったいないと思いまして」

今川はおかしそうに肩を揺らした。

「東京の人は生真面目な人が多いと思うてましたけど、先生は面白い人ですね」

「患者さんを笑わせるのも医師の仕事だと、院長からよく言われています」

「そら賢い院長さんや。人付き合いの肝をちゃんと心得てはる」

二度、三度うなずいてから、今川は哲郎の目を正面から見返した。

「熱が下がったとはいえ、日に日に力が抜けていきます。もうそろそろ、お迎えやと思います」

さらりとした声であった。

唐突に投げ込まれた言葉に、向かい側に座っていた長男がわずかに身じろぎしたが、哲郎は動じなかった。

「六道まいりも始まりました。主人が迎えに来てはるみたいですわ」

声音に悲愴感はない。

さらさらと落ち葉を巻いていく冬の微風のように乾いている。声に誘われて、襖の向こうから、今は亡き夫がふらりと入ってきそうな気配さえ感じられた。

哲郎は聴診器を往診鞄に押し込んでから、今川に向き直った。

「きついですか？」

「それなりになぁ」

今川は明るい庭先へと首をめぐらし、眩し気に目を細めた。

庭に面した障子は、開放的に開け放たれている。今川は機械的な空調を嫌って、風が流れるままにしているのだ。暑さは厳しいが、それでも山が近いためか市中とは違い、存外風に涼がある。

「毎年毎年、主人を送り返すのも寂しいもんですさかい、今年はついて行ってもええかと思うてます。さすがにもうがんばれやしまへん」

哲郎もまた、今川の視線を追って庭先に目を向けた。

築山に配された無骨な岩の向こうに、薄紅色の百日紅が揺れている。木陰に舞い降りたのは数羽の雀であろうか。さえずりまでは聞こえない。

「がんばらなくて良いのです」

短い言葉に、今川が視線を哲郎へと戻した。

感情を消した瞳が、問うような色を浮かべている。布団の向こうでは、長男の幸一郎が、真剣な眼差しを主治医に向けている。

「妙な言い方になりますが、がんばらなくても良いのです。ただ、あまり急いでもいけません」

哲郎は、ひとつひとつ選ぶように言葉を紡ぎ出していく。

「あっちの世界への道は基本的に一方通行です。年に数日帰って来られるとはいえ、いつでも往来ができるわけではない。となると、この端正な庭もあの美しい東山も、好きなときに眺めることができません。せっかくこちらにいるのですから、あまり急ぐのも、もったいないと思います」

耳を傾けていた今川が、つかの間を置いてからまた小さく笑った。

「ほんまに、変わったことを言わはる先生や。癌の患者に、がんばれとも諦めるなとも言わん。ただ急ぐなと言うてくれる」

そのまま鷹揚に息子を顧みた。

「『急ぐな』か。なかなか風情のある言葉やなぁ」

長男はわずかに首肯《しゅこう》しただけだ。

衰弱していく母を前に、長男は一貫して感情を露わにしていない。心が遠いのではない。古い作法に則り、毅然として振る舞うことを我が身に課しているのである。それが母の望みでもあり、この家が積み上げてきた景色とでも言うべきものであろう。

厳しい在り方ではあるが、空しいものだとは思わない。多くの命を看取ってきた哲郎は、すがりついて泣き叫ぶことだけが哀しみの表現でないことを知っている。

「まあ立派になった息子が、忙しい中でもこうして横にいてくれるんや。先生の言う通り、急ぐことはないか」

そんな今川の返答に、哲郎もゆるやかにうなずいた。

「次は、二週間後にうかがいます。なにかあれば訪問看護に連絡してください」

今川は目礼してから、すぐに「先生」と続けた。

「撫子なんて、床の間に飾るもんやない。野に咲く姿が綺麗な花なんやで」

未熟な弟子を教え諭すような、厳しさと優しさを兼ね備えた口調であった。

今川家を出た哲郎はそのまま南へ下って、もう一軒の往診先に立ち寄った。

琵琶湖疏水が北側で鴨川に合流する辺り、車も迂闊《うかつ》に入れないような入り組んだ住宅街の町屋に住む黒木勘蔵《かんぞう》は、九十二歳の患者である。一年前に脳梗塞で倒れ、動けなくなってからは自宅で往診を受けながら過ごしている。表で骨董屋を開いている息子の勘一《かんいち》と二人暮らしである。

「いつもすんまへんなぁ、先生。親父の奴、まだ生きとりますねん」

積み上げられた骨董の間から、ひょいと顔を出した息子の第一声がそれである。

禿《は》げあがった頭に作務衣《さむえ》姿の勘一は、客商売という仕事柄か、気さくな人柄が印象的だ。間口わずか二間の狭い店先は、路肩まで雑然と木箱やら小道具が積み上げられている。その間を抜けた一番奥の部屋に介護用ベッドが設置されている。骨董のおかげで、ベッドを搬入するのも大変だったらしい。

哲郎が声をかけると、ベッドの中で涎《よだれ》をたらして寝ていた勘蔵が、ぼんやりと目を開けた。

「また、だらしないカッコやな。父ちゃん、先生やで！」

はあどうも、と勘蔵が言うより早く、息子がティッシュを手に取って口元をぬぐっている。

勘蔵は認知症があり、ときどき痰がからむ様子はあるが、ゆっくりと会話は可能だ。デイサービス以外は、一日の大半をベッド上で寝て過ごし、食事のときだけベッドごと半身を起こして、息子が食事を介助している。ここ一年、ときどき微熱は出るものの、脳梗塞の再発も大きな肺炎もなく、日々を送っている。

「お世話になりますなぁ、先生」

擦《かす》れた声に続いて、いくらか痰のからんだ咳が出た。勘一がまた慣れた手つきで、出てきた痰を拭き取っている。

ベッドの周りにも、古びた茶道具や仏像や用途も不明な奇怪な物品が無造作に積まれている。埃っぽいうえに日当たりも悪いのだが、陰気に感じないのは、親子の人柄によるのかもしれない。

「親父のやつ、いつになったら逝きますやろか」

無頓着に言う息子に対して、ベッドの父も欠けた歯を見せて笑っている。数ある往診先の中でも、ここまで開けっ広げな家も珍しい。

簡単な診察をして次の往診日を伝えてくるだけであるから、わずかな時間しかかからない。診療を終えて外に出てくると、相変わらずのむっとするような外気が哲郎を待っていた。

この時期の往診の大変さは単純に暑さによるものだけではなく、屋内と屋外の気温差による疲労感も侮《あなど》れない。直射日光の下を自転車で走りつつ、冷房の効いた室内に出入りするのは、控えめに言っても重労働である。そのあたりも考慮して、午後の往診は、今川と黒木の二名だけにしてあったが、正解だったたであろう。

自転車の籠に往診鞄を押し込んだ哲郎は、たちまち汗ばんでくる額に手を当てながら、通りを眺めやった。旅行者であろうか。数人の若い女性の集団が嬌声《きょうせい》をあげながら歩いていく。ベビーカーを押している若い母親がおり、汗を拭いているスーツの男性が見え、学生らしき青年の自転車が風を切って走っていく。

さして広くもないこの町に、実に様々な景色がある。

広大な屋敷の奥で癌と戦っている今川のような患者もいれば、小さな町屋で埃まみれで生活している勘蔵のような生活もある。そこから一歩表に出てみれば、病も命も意識しない生活が、眩《まばゆ》いばかりの光を放って通り過ぎていく。

かつて大学病院の中で必死に駆け回っていた時には、ほとんど意識しなかった世界だ。

哲郎はひと時、軒下に佇《たたず》んで辺りを眺めていたが、やがていつものように自転車にまたがって日差しの下にこぎ出した。

京都五山に火が灯る。

それが八月十六日の、五山の送り火である。

夏の古都を彩る代表的な風物詩のひとつだが、元来は、故郷に帰りきたった先祖の霊を、浄土に帰す送り火の祭礼である。

如意《にょい》ヶ嶽《だけ》の「大」の字を皮切りに、妙法、船形、左大文字、鳥居形と順に火が入り、夜空を淡く茜の色に染めていく。

五山はいずれもたおやかな峰で、高々とした鋭峰ではないから、町中のどこからでも見えるというものではない。

ビルの屋上や鴨川沿いに出れば相応の眺望が得られるが、そこは観光客がひしめき合うから、多くの都人《みやこびと》は足を運ばない。土地の人々は、送り火そのものを見なくても、狭い街路や民家の縁側から茜に染まった夜空を見上げて、静かに手を合わせるのである。

「すごい人通りでしたね」

晩御飯の食卓を囲みながら、龍之介が告げた。

卓上には、茄子と挽肉の炒め物に、みそ汁、ご飯に漬物と、中学生の手で作ったとは思えないバランスの取れたメニューが並んでいる。

「今日、友だちと四条河原町に遊びに行ったんですけど、道路はすごい渋滞でしたし、止まっている市バスも中はぎゅうぎゅうでしたよ」

「だろうね。私も阿闍梨餅を買いに大丸に立ち寄る気力も持てなかったよ」

しかも人混みといってもただ人が多いだけでなく、八月の夜の人混みであるから、真夏の熱気と祭事の活気とで大通りの歩道は息苦しいほどになっていた。

「鴨川デルタは、大変なことになってるってニュースでやっていました」

「あそこは送り火が正面に見えるからなぁ」

賀茂大橋の並外れた人混みを思い描きながら、柔らかく火の通った茄子を咀嚼《そしゃく》する。茄子に染みた挽肉の旨味が口中に広がって、暑気で弱った食欲を心地よく刺激してくれる。

「すごい観光客ですけど、送り火って本当は、亡くなった人をお祀りする行事なんですよね？」

「そうだね。毎年この時期に、亡くなった人が戻って来て、またあちらの世界に帰っていく。一年間のうち数日だけ家に戻ってきた人たちを、送り返すための送り火だからね」

「帰って来るんですね、亡くなった人」

何気ない口調で答えてはいるものの、龍之介の心が、亡くなった母にあることは明らかだ。哲郎にとっても、妹の美山奈々が数日だけでもこちらに戻って来ると考えれば、なかなか感慨深い。

もっとも、奈々は東京生まれの東京育ちだ。そそっかしい性格の妹が、哲郎と龍之介のいる京都のこの小さなアパートをちゃんと探し出して戻って来るかと言えば、相当心もとない。その心もとなさが、ほのかなおかしみを伴って、哲郎の胸を温めてくれる。

「来週、天神さんにでも行こうか」

「どうしたんですか、急に」

「たしか一学期の期末試験はなかなかいい成績だっただろう。道真公にお礼参りに行ってもいいんじゃないかと思ってね」

「気持ちは嬉しいですけど、マチ先生のお目当ては、道真公じゃなくて、長五郎餅でしょう」

龍之介の指摘は的確だ。

さすがに三年近くもともに過ごしていれば、哲郎の単純な行動パターンなど中学生の目にも明らかであるらしい。

「いいかい、龍之介」

哲郎は箸を止めて、わざとらしく真面目な顔を作った。

「世の中には死ぬまでに絶対食べておくべきうまいものが三つあるんだ。知ってるかい」

「いいえ、なんですか？」

「矢来餅《やきもち》と阿闍梨餅と長五郎餅だ」

「全部、餅じゃないですか」

甥の抗議の声に、哲郎の方はむしろ満足げだ。

「辛いときやがんばっているときには甘いものを食べるに限るんだよ」

はいはい、と受け流しつつも龍之介の頬には微笑がこぼれている。

〝寂しい時には甘いものを食べるに限るよ〟

その台詞は、龍之介が京都に来た当初から、しばしば哲郎が繰り返してきたものだ。母を亡くし、慣れない土地に引っ越してきたばかりの甥に、この伯父はそんな言葉を繰り返しながら、せっせと和菓子を食べに連れ回ってくれたものである。

餅菓子に限らない。練り切りに金平糖、麩菓子や焼き菓子に至るまで、実に広範囲に渡っている。

おかげで龍之介は中学一年生にして、京都の甘味処を熟知している。もちろん哲郎自身の甘いモノ好きは龍之介も知っているが、この風変わりな伯父が、懸命に自分を元気づけようとしていたこともよくわかっている。

「ああ、しかし、うまいものを京都に限ってしまってはもったいないな。伊勢の赤福や、太宰府の梅《うめ》ヶ枝《え》餅だって外せない」

あくまで餅から離れない伯父に、龍之介は笑いをこらえるのに懸命だ。

「それにしても、年々料理がうまくなるね、龍之介は。奈々はこういうこともきっちりお前に教えていたのかい？」

他界した妹の話題を自然に持ち出せるのも、送り火の夜という特別な一日だからだろう。

「母さんは、そんなに料理得意じゃなかったですよ。ただ、おいしいものを食べることは大事だっていつも言っていました。それから空腹は最大の敵だって」

「なるほど」

「借金はいくらあっても怖くないけど、空腹だと何をする気も起きないっていうのが口癖でした」

「『借金は友とし、空腹は敵とせよ』。そいつは雄町家の家訓だよ。父も祖父も、いつも言っていたことだ」

哲郎の実家は、東京の下町にある小さな彫金の工場で、いつも経営難に喘《あえ》いでいた。ゆえに、家訓における『友』は豊かであったが、しかし『敵』に苦しめられるような生活は味わわなかった。両親の苦心の成果であったのだろう。

哲郎が淡い感傷と戯《たわむ》れている間にも、龍之介が、空いた皿を手際よく片づけてキッチンへ運んでいく。哲郎がふと視線を止めたのは、食卓の隅に一冊の文庫本を見つけたからだ。

「おいおい、龍之介」

思わず哲郎はつぶやいていた。

「こいつはどこで見つけてきたのかな？」

哲郎が取り上げた本を見て、龍之介がいたずらの見つかった子供のように首をちぢめた。

「スピノザの『エチカ』じゃないか」

「先生の書斎の本棚にありました」

「どうしたんだい、急に」

「いえ……なんとなく……」

口ごもる龍之介の脳裏には、花垣と葛城の横顔がちらりと浮かぶ。まるでそれを察したかのように哲郎が語を次いだ。

「また花垣さんになんか言われたな」

「言われたってほどじゃありません。ただ、マチ先生がよく読んでいた本だって話を聞いたのと、葛城さんもとても面白い哲学者だって言っていたんです」

「しかしこいつはひときわ難解な本だよ。並みじゃない」

「でもマチ先生は何度も読んでるんですよね。すごく読み返したあとがあります」

哲郎は苦笑しながら、ぱらぱらと本をめくる。

「スピノザはとても不思議な哲学者でね。著作の内容はもとより、その人生にも謎が多いんだ」

「謎？」

「スピノザの本は、当時のキリスト教社会からは悪魔の書のように糾弾されて、禁書扱いになったこともある。おかげで彼自身も住む土地を転々と変えていて、地位や名誉とは縁のない不遇な人生を送っている」

龍之介は意外の感を禁じ得ない。スピノザという人物について、単純に偉大な哲学者というイメージしか持っていなかったからだ。

「ただ面白いのは、彼の作品には、辛い人生を歩んだ人特有の、悲壮感や絶望感というものがほとんど無くてね。ずいぶんと理不尽な目にあっているのに、ダンテのような愚痴も、ニーチェのような諧謔《かいぎゃく》も見えなくて、理知的で静謐《せいひつ》な空気が漂っている。それだけ摑み所がない哲学者とも言えるんだが、時々ふいに私の知りたいことに答えを与えてくれそうな一文に出会うことがあるんだよ」

哲郎は改めて懐かしそうに文庫本を眺めやり、ぱらぱらとページをめくった。

「確か第一部は『神について』だったかな。なかなか手強い導入だよ。しかしいきなり『エチカ』か……」

「やめた方がいいですか?」

「いや、いいんじゃないかな。訳がわからないということがわかるだけでも大切だ。読んで『わかった』と思う読書の方が、はるかに危険だからね」

さらりと意味深な言葉が返ってくる。

「じゃあ、もうちょっと借りていきます」

「結構」

哲郎が微笑とともに本を手渡したところで、ふいに携帯電話が鳴り響いた。

電話に応じた哲郎は、二言三言答えて、軽く肩をすくめた。

「送り火のせいかな。病棟で急変だ」

「病棟って珍しいですね。当直の先生が対応しきれないことなんですか?」

思わず龍之介が問うたのは、病院からの夜の呼び出しはそれほど多いことではないからだ。

往診患者の急変はしばしばあることだが、院内の件であれば哲郎がいなくても、鍋島や中将らベテラン医師が泊っている。哲郎が呼び出されていくことはそう多いことではない。

「実は今夜の当直は、大学から来ている若い先生でね。勉強熱心な先生が、私の当直の代わりに入ってくれているんだよ」

湯飲みの茶を一息に飲み干してから、

「遅くなるかもしれないから、先に寝てなさい」

短く告げて、哲郎は立ち上がった。


急変した患者は、九十歳の矢野きくえであった。

先月は一度心不全の増悪《ぞうあく》で具合が悪くなっていたが、利尿剤を調整してからは徐々に改善し、最近は食事も摂れるようになって、退院について検討し始めていたところであった。

病院に駆けつけ、白衣を羽織って病棟に上がった哲郎を待っていたのは、今夜の当直を務めていた南茉莉である。

半月ほど前に哲郎のもとにやってきた南は、それから週一回火曜日の午後に原田病院に足を運んでいる。そのままお盆という時期に入ったこともあって、いまだ大きな内視鏡治療を目にする機会もない。大腸カメラを何件か済ませて、あとは病棟回診を見学するだけの今の状況を哲郎は心配しているが、南の方は特別不満を口にすることはない。不満が何もないわけではないだろうが、そのあたりの心情を押し殺して淡々と振る舞う忍耐強さは持っているらしい。お盆の最中の今夜の当直まで申し出てくれたのである。

「お疲れ様」

哲郎のそんな言葉に、スタッフステーション前で待っていた南が、硬い表情で頭を下げた。

「こんな時間にすいません」

「大丈夫だよ。むしろご苦労様。状況は?」

廊下を歩きながらの問いかけに、南が並びながら答えた。

「矢野さんですが、今日の夕食時に看護師が声をかけたところ反応がないということで私のもとに連絡がありました。昼ごはんは食べていて、午後の看護師さんのラウンドのときも普通に話していたということです」

廊下の先にあるきくえの病室には、すでに二人の看護師が待っていた。ひとりは病棟主任の五橋《ごきょう》である。

「お疲れ様です」と短く告げる五橋に頷きながら、ベッドに目を向ければ、心電図モニターや酸素マスクにつながったきくえが浅い呼吸を繰り返している。

ただでさえ小柄な患者が、様々な器具につながれている様子は一層小さく頼りない。

「きくえさん」と哲郎が呼びかけてもまったく返事はない。いつもなら「すいませんねぇ」と笑うはずのきくえは、さらに大声で呼びかけても無反応だ。

痩せた手をとり、爪の上に刺激をくわえたが、それでも患者は身じろぎもせず、呼吸数も変化がない。

「痛み刺激にも反応なしか」

「採血のために針を刺したときも反応はありませんでした。血圧は変わっていませんが、ＳｐＯ$_2$が低めで酸素を開始しています。先週まであんなににこやかに話をしてくれていたのが、嘘みたいです……」

　高齢患者の中で、珍しくしっかりしていたきくえのことは、南もよく記憶しているのである。

「私が今朝回診した時も、ちゃんと会話できたよ」

　哲郎は五橋が示したノートパソコン上の経過に目を向ける。すでに南が血液検査を指示していたおかげで結果はそろっているが、普段と変わった数値はない。肝機能も腎機能も正常で、電解質も変わらず、炎症反応も上がっていない。

　そばにいた五橋が口を開いた。

「夕方の五時のラウンドのときには、会話はできていました。明らかにおかしいと気付いたのは六時過ぎです」

「おそらく」と南が緊張感のある声で告げた。

「脳梗塞ではないでしょうか」

　九十歳の高齢者が急に意識レベルが下がっている。血液検査も大きな変化はない以上、十分にありうる診断だ。

「頭部ＣＴも明らかな異常はありませんでした。急性期の脳梗塞の診断にはＭＲＩが必要ですが、ここにはありません。大学病院へ搬送するべき状態だと思います」

そんな言葉に、しかし哲郎がすぐに答えなかったのは、南の提案を聞き流したためではない。かすかに何か引っ掛かるものを感じたからだ。

その違和感の原因を探して哲郎は、もう一度ベッド上に視線を戻し沈思する。しかしそういう哲郎の態度は、南の目に、あまりいい印象をもたらさなかったらしい。

「先生、搬送すべきではありませんか？」

かすかにその声が上ずっていた。

「そうだね……。ちなみにご家族への連絡は？」

「矢野さんはもともとお一人暮らしで、身近な家族はいません」

「そうだった。佛光寺のそばで一人暮らしをしていたんだった」

答えながら哲郎は手を伸ばし、きくえの瞼《まぶた》を広げた。すかさず五橋がライトを照らすと、極度に瞳孔が縮んでいる。

「両眼とも縮瞳《しゅくどう》か」

「脳幹部の梗塞でしばしば見られる所見です。脳幹だとすれば、よりいっそう危険な梗塞と判断できます」

ゆっくりとうなずきながらも、哲郎はなお動かない。

南の口調が早くなる。

「矢野さんは九十歳とはいえ、普通に話ができていた人です。今日の昼も食事を自分で摂っていて、退院も検討中でした。いくら高齢だからといって、このまま看取るというお考えではありませんよね？」

早口で飛び出して来る言葉を聞いていれば、彼女の目に哲郎がどのように見えているか、気づかざるを得ない。

我慢強く礼儀正しい南は、態度としては何も表してこなかったが、あまり好印象を持っていないことは確かなようだ。実際、たいした内視鏡処置もせず、のんびりと高齢者の回診をし、患者が急変しても沈黙している哲郎に、敬意を持てという方が無理な話かもしれない。

「看取るつもりではないよ」

「それなら……」

南が口をつぐんだのは、哲郎がふいに左の掌を向けて南を制したからだ。

「少しだけ、時間がほしいな」

そう告げる哲郎の目は、じっときくえを見つめたままだ。左手で南を制したまま、右の人差し指をゆっくりと動かして、きくえの頭部から足先までを順に確認していく。

――何に違和感を覚えたのか。

それが今の哲郎の最大の関心事だ。

急激な意識レベル低下、
両眼の縮瞳、
発熱はなく、貧血もなし、
頸部《けいぶ》リンパ節に腫脹《しゅちょう》なし、

胸腹部に異常はなく、下肢にはわずかな浮腫。

哲郎の人差し指は、きくえの体を一通りなぞると、今度はベッドサイドモニターに向かう。

血圧、脈拍、呼吸数、酸素濃度……。

ひとつずつの数値をたどり終えたところで、ふいに指先がぴたりと止まった。

一番下の酸素濃度まで進んだ指先は、ゆっくりと戻ってその上の数値を指した。

『脈拍　46』

「君だな。違和感の正体は」

短く、独り言のようにつぶやいた。

南は形のよい眉を寄せたが、その言葉の意味は汲み取れない。

「脈拍は昨日もこんなに低かったかい?」

ふいに問われた五橋は、すぐにノート端末を操作して確認する。

「昨日の日中は、55です」

「二日前は?」

「60から70前後……。そうですね、少しずつ下がってきていたみたいです」

「すぐに十二誘導の心電図を」

五橋が素早く隣の看護師とともに駆け出していく。

それを見守りながら南が、焦りと困惑を半々に交えた声を吐き出した。

「雄町先生、脳梗塞の治療のゴールデンタイムは六時間だと言われています。夕方五時ころが元気な矢野さんを確認した最後ですから、それからすでに五時間が過ぎています」

「つまりあと一時間はあるわけだ」

そんな返答に南はほとんど絶句しているが、哲郎はあくまで穏やかな口調を崩さない。

「妙だと思わないか、先生。脳梗塞は徐脈を起こす疾患かい？」

「それは……なんともいえませんが、不整脈があるだけかもしれません」

「かもしれない、では困るね。確認する必要がある。そして、おそらく不整脈はないだろう」

言っているそばから、五橋たちが戻って来てきくえに心電図を装着しはじめた。

「しかもこれだけ脈拍が落ちているのに血圧は正常だ。循環器関連のトラブルにしては辻褄《つじつま》が合わない」

おまけに、と哲郎は右手を伸ばして、きくえのパジャマのズボンを軽く引き上げた。臀部《でんぶ》が茶色く染まっている。

「下痢が漏れていますね。五橋が気づいてすぐ綺麗にします」

「あとでいいよ。心電図が先だ」

一連の遣り取りを南は、声もなく見つめている。

やがて記録に上がってきた心電図を南は受け取ったが、哲郎の言った通り、不整脈はない。

「昏睡、縮瞳、徐脈、下痢……、なんだと思う、南先生」

「いえ……私には何のことか……」

「わからないか。特徴的な一連の病態だよ」

「一連の病態？」

「自律神経系だ。あとは原因がなにかだが……」

つぶやきながら髪を掻きまわした哲郎は、ふいにそばのノートパソコンを引き寄せて指を走らせた。カタカタとキーを叩いてから、やがて手を止めて画面を南に向けた。

「犯人を見つけたよ。きくえさんは以前からウブレチドを飲んでいる」

「ウブレチド……」

それは、高齢者の残尿感や尿漏れに対してしばしば処方される薬である。ごく一般的な処方であるから、名前くらいは南も知っている。

「その薬が、脳梗塞と関係があるんですか？」

「脳梗塞じゃない」

いつもと変わらぬ落ち着いた口調で哲郎は続けた。

「コリン作動性クリーゼだ」


コリン作動性クリーゼ。

南にとって、その病名自体が初耳であった。

病棟の片隅で、インターネットを開いて調べると、ウブレチドを代表とする膀胱の薬が原因となって発症することのある危険な病態だという。薬自体は一般的なものであるし、そうそう起こる事態ではない。むしろ珍しい副作用と言っていい。しかし診断が遅れて死亡する症例の報告も出ている。

そっと振り返れば、カウンターの向こうにHCU（高度治療室）病棟が見える。哲郎がきくえをすぐに一般病棟からHCUへ移動させたのだ。

天井から吊るされたモニターにはきくえのバイタルが示されているが、治療のおかげで脈拍も戻り、酸素濃度も改善しつつある。ベッドのきくえは、つい先ほどうっすらと目を開けて返事をした。まだ十分ではないが、わずか数時間のうちに、明らかに意識レベルは改善しつつある。

南がそのまま視線をスタッフステーションの隅に動かすと、椅子の上で腕を組んで眠っている哲郎が見える。引き寄せた隣の椅子に両足を投げ出して、すーすーと寝息を立てている。

無理もないか……。

南は病棟の時計に目を向けた。

時刻はすでに深夜の二時を回っている。

哲郎は、きくえに硫酸アトロピンを投与し、治療を開始しながら、遠方のきくえの親戚という人にも電話をして状況を説明した。それらがひと段落すれば、あとは経過を見守る以外にやるべきことはない。

〝あとは私が見ておきます〟

南は遠慮がちにそう告げたのだが、哲郎は笑いながら、もう少しここにいるよ、と応じたのだ。それからしばらくモニターを眺めていたが、やがて〝少し仮眠をとらせてもらおうかな〟と告げると、壁際の椅子に移って身をもたせかけ、当たり前のように目を閉じてしまった。この辺りの切り替えの早さも、熟練の医師といったところかもしれない。

南はネットの画面に視線を戻した。

ある薬剤師のホームページによると、薬の説明書にもコリン作動性クリーゼについて赤字で記載されているらしい。しかし、めったに起こることではないため、知らない臨床医も少なくないという。

『知らなければ、診断できない。診断できなければ手遅れになることもある』

そんな記載を見て、まったくその通りだと、南は嘆息した。

医師として、自分なりに懸命に学んできたつもりでいたが、医療という世界の広大さを思い知らされた心地だ。

コリン作動性クリーゼは消化器内科の疾患ではない。だから専門外だという言い訳は、かろうじて成立するのかもしれないが、それはずいぶん惨めな態度であろう。なによりも同じ消化器内科である指導医は、あのわずかな時間と、南がぶつけるプレッシャーの中で、必要な情報を正確に拾い上げて診断したのである。

もう一度、壁際に目を向ければ、指導医は変わらずすーすーと寝息を立てている。昏睡のきくえをじっと見つめていた時の研ぎ澄まされた横顔が、嘘のような呑気な風情である。

その膝に毛布がかけられているのは、看護師の五橋の手配であった。院内の空調は集中管理であるから、ステーションだけ冷房を弱めることはできない。そこまで知った上での五橋の配慮は、南にはとても及ばないもので、なにもかもが力不足の自分に暗澹《あんたん》たる心持ちになってくる。

「今夜はお疲れ様、南先生」

ふいに降ってきた言葉に南が振り返れば、まさにその優秀な主任看護師が立っていた。と同時に、目の前にお茶のペットボトルがとんと置かれた。

どうぞ、と告げた五橋に、慌てて南は頭を下げた。

「あ、ありがとうございます」

「初めてのうちの当直で、いきなり大変でしたね。めったにこんな騒ぎの起こる病院じゃないんだけど」

「そうなんですね……」

「あそこの指導医先生にも、あとで渡しておいて」

そう言ってペットボトルの横に、缶コーヒーをことりと並べた。

そのままあっさりと身を翻して立ち去ろうとする五橋を、南は思わず呼び止めていた。

「あの、すいません、五橋さん」

肩越しに顔を向ける五橋に、南は続けた。

「私、脳梗塞だなんて決めつけちゃって……。全然違いました」

「そうね」とつぶやいて沈黙した五橋は、すぐに語を次いだ。

「でも謝るんだとしたら、そこじゃないんじゃない？」

含みのある返答であった。

戸惑う南を見返しながら五橋が言う。

「南先生、マチ先生が矢野さんの治療もせずに、適当に看取るつもりだと思っていたでしょ」

いきなり踏み込んだ問いかけに、南は首を左右に振りかけたが、思い直して小さく頭を下げた。

「すいません、そんなこと……まったくなかったとは言えません」

そんな南の態度に、ちょっと考えた五橋は、

「素直でよろしい」

そう言って、涼し気な微笑を浮かべた。

南がはっとするような、柔らかな笑みであった。

「南先生の気持ちもわかる部分はあるよ」

五橋はそばの机に右手を置いて、カウンターの向こうの病棟に目を向ける。

「ここでやってる医療は、多分先生が見てきた医療とはちょっと違う。患者さんの多くは、認知症とか進行した癌とか、あとは棺桶に片足突っ込んだようなお年寄りとかばかり。『治る人』なんてほとんどいない」

思わぬ口ぶりに、南が目を丸くするが、五橋はかまわず「でもね」と続けた。

「だから私たちが何もしていないって思ったのならそれは間違い。ここの仕事は、難しい病気

を治すことじゃなくて、治らない病気にどうやって付き合っていくかってことだから。もともとわかりにくいことをやってるの」

「はい……」

神妙に答える南に、五橋は微笑を苦笑に変えて、

「私の勝手な言い分をそうやって真面目に聞いてくれるんだから、先生は優しい人だと思う。しかも今どき珍しいくらい素直なんだから、こっちが意地悪言ってるみたい」

「そんなことありません。ありがとうございます」

改めて一礼する南に、五橋はうなずいてから、急に口調を改めた。

「でも南先生って、どうして消化器内科なんて選んだんですか？　もう少し働きやすい科なんていっぱいあると思いますけど」

「働きやすい科、ですか？」

「前にマチ先生が言っていたんです。消化器内科なんて、患者も多いし、緊急も多いし、危険な処置も多い。明らかに大変な科のひとつだから、わざわざ選ぶ人は最近減ってるんだって」

五橋の口調は何気ないが、その目には真摯な光がある。興味本位で問うているのではなく、南の心根を確かめようとするような雰囲気がある。

ゆえに南も衒《てら》いなく答えた。

「父が胃癌で亡くなったんです」

「お父さん？」

「はい。私がまだ高校生のころです。だから消化器の医師になりたいって思いは最初からあったんですが、外科医になるほど体力に自信がなくて……」

「それで消化器内科か」

「学生のときに指導をしてくれた花垣先生が、胃カメラで胃癌を切除しているのを見て、この道に進もうと決めたんです。もう五年目なのに、できないことばかりですけど」

飾らない南の返答に、五橋は納得したように首を縦に振った。

「ありがとうございます、南先生。踏み込んだこと聞いてすいません」

「大丈夫です。私の方こそ色々ありがとうございます」

かしこまったお礼の応酬はなんとなく不自然で、二人の口から同時に押し殺した笑声が漏れた。

「早くマチ先生の内視鏡治療を見れるといいですね。そのための研修でしょ？」

「はい。やっぱり五橋さんから見ても、雄町先生はすごい先生なんですか？」

「私は内視鏡のことは詳しくないから、どれだけすごい先生かはわからないけど……」

五橋は壁際で寝ている医師に目を向けた。

「ちょっとは見直す気になるんじゃないかな」

そのタイミングで、ふいに病棟の電話が鳴り響いた。

駆けだしていく背中を見送る南は、不思議な心持ちだ。

南にとっては、まだまだ雄町哲郎はつかみどころのない医師である。いつでも穏やかな姿が、優しそうにも見えるが、頼りなくも見える。実直な印象もあるかと思えば、怠惰に映ることもある。確かなことは、圧倒的な迫力のある准教授の花垣とはまったく異なるタイプの人間であるということだ。

「え!?　ほんとですか!?」

ふいに五橋の声が飛び込んできて、南は現実世界に引き戻された。

なにやら早口で会話をしていた五橋が、やがて小さく息を吐いて、電話を置いた。

「どうしたんですか？」

南の声に、振り返った五橋が応じた。

「今日は厄日ですね。これから緊急内視鏡になります。かかりつけの患者さんが吐血で運ばれてくるみたい」

「緊急内視鏡？」

「そう。夜の緊急なんて滅多にあることじゃないんですけど」

軽く前髪を払った五橋が、ふいに意味ありげな視線を投げかけた。

「良かったですね、南先生」

「良かった？」

「内視鏡が見れるってことです。先生の指導医を起こしてくれますか？」

南がすぐには応じなかったのは、意味がわからなかったからではない。五橋の微笑が、はっとするほど魅力的に見えたからだ。

一瞬遅れて、南は慌てて立ち上がった。


翌朝、出勤してきた原田病院の常勤医たちは、見慣れない景色を目にすることになった。

医局の隅で、眠そうな顔で歯を磨いている内科医と、パソコンに向かって赤い目で懸命にカルテを記載している女性医師である。

「よりによって、辻さんが戻ってきたわけだ」

事情を聞いた中将が、同情の目を南に向けている。

「あの酒飲みの患者でしょ?」

「はい、食道静脈瘤の再破裂です」

睡眠不足で赤くなった目で、しかし南は背筋を伸ばして答えた。

中将はポットからティーカップに湯を注ぎながら、医局の隅で、歯ブラシを片手に大あくびをしている哲郎の背中に一瞥《いちべつ》を投げた。

「マチ君の言ったとおりか。追加治療を拒否して帰ったから、じき戻ってくるかもって」

「はい、予想どおりだから、慌てるようなことじゃないと雄町先生も言っていました。深夜の居酒屋で飲んでいる最中に、突然真っ赤なものを吐き出したそうです」

「そりゃ、店の主人もビビったでしょうね」

中将が、ティーカップを二つ持って来て、ひとつを南に差し出した。

「アッサムティーよ、飲む?」

「ありがとうございます」

隣に腰かけた中将は、電子カルテを覗き込んでからカップに口をつけた。

「カルテなんて、そんだけ書いとけば十分よ。足りないところがあれば、あとで私が埋めといてあげるから休みな」

「でも……」

「それよりなんでバリックス（静脈瘤）が、ウチに運ばれてきたのよ。夜だったら救急の当番病院があるでしょ?」

「患者さん本人が、救急隊員に言ったそうです。原田病院の医師が病状をわかってくれているから、運ぶならそこに運んでくれって」

「血まみれの患者にそんなこと言われたら、運ぶしかないってわけか。また厄介なのに気に入られちゃったのね。マチ君らしいわ」

カップを傾けつつ、白衣のポケットから今度はカロリーメイトを取り出して、南の前に置く。

「で、念願の内視鏡、見れた?」

短い問いに、南はまだ興奮の冷めやらない頬のままうなずいた。

中将も小さく笑ってうなずき返した。

南の目には、つい四時間ほど前の真っ赤な内視鏡画面が今も鮮明に残っている。

奔流となって吹き上げる静脈瘤の出血。すさまじい血液のために、出血点は一瞬見えたかと思うと、たちまち血の海に沈んで何も見えなくなる。内視鏡画面は、ほとんど嵐に巻き込まれた難破船といった様相だ。本物の嵐と違うところがあるとすれば、襲い来る暴雨と大波が真っ赤であるということと、ベッドサイドで、血圧低下を知らせるモニターがさかんに警告音を発していることであろう。

処置のために呼び出された土田も、病棟から応援に駆け付けた五橋も額に冷や汗を浮かべながら補助をしていたが、少し視線を転じれば、哲郎はいつもと変わらぬ涼しい顔で内視鏡を動かしている。

〝出血……、なかなか止まりませんね〟

震える声で告げる南に哲郎は、

〝そりゃそうだよ。血小板は2万を切っているんだ。鼻血だって簡単には止まらない数値さ〟

にべもない応答である。

処置が困難であったのは、出血量だけの問題ではない。静脈瘤からの出血とは別に、胃に小さな潰瘍があり、そこからも出血があったからだ。

〝これはまた、薬も飲まずに、さんざんアルコールで消毒したんだなぁ。ひどい有り様だ〟

そんなつぶやきを漏らしながら、速やかに止血剤を注射し、結紮術《けっさつ》を施し、小さな積み木をひとつずつ積み上げていくように着実に状況を改善していく。第一助手の南は、言われるままに、必死で指示についていく。

〝まだまだ危険な静脈瘤があるね。さすがにこのバイタルで、ほかの静脈瘤にまで手を出すの

は危険だが、しかし後日の追加治療に、辻さんが応じてくれるかどうか……〃

南の頭の中は、眼前の出血の治療で手いっぱいだが、哲郎の目はすでに未来を見据えているということだ。

南がほとんど上の空で手を動かしているうちに、緊急内視鏡は終了したのである。

一連の治療は三十分と少し。

視野の確保から治療器具の選択、判断の速さから南や看護師への指示に至るまで、鮮やかと表現するしかない処置であった。

「マチ君、ちょっとは寝れた？」

中将の声に、鏡に向かって歯を磨いていた南の指導医が、大あくびをしながら振り返った。

「まあ、二時間は寝たと思いますけど……」

緊張感のない間延びした返答である。

「なかなか稀に見るバラエティに富んだ夜だったみたいね」

「大学病院を思い出しますよ。こんなことはザラでしたからね。まあよくやっていたものだと、我ながら感心します」

歯ブラシをくわえたまま、哲郎は南の方に眠そうな目を向けた。

「でも有能な助手がいてくれて、助かりました。内視鏡は助手と呼吸が合うと、ストレスがほとんどなくなります。おかげで、いい内視鏡ができましたよ」

そんな言葉に、南は自分の頬が赤くなるのを自覚せざるを得ない。

「あの……私は別に……」

むやみと身を固くする南を、中将は楽しげに見守りつつ、

「で、マチ君の今日の仕事はなんだっけ？　たしか午後は大腸カメラよね。盆明けで外科手術もないし、代わりにやっといてあげるよ」

「仕事の方は大丈夫です。阿闍梨餅か、長五郎餅でもあれば、まだまだがんばれるくらいですが……」

「あるわけないでしょ。午前の仕事は？」

「午前は病棟ですが、回診くらいできます。これでもまだ三十代ですよ」

「なにそれ、ケンカ売ってるの？」

いやいや、と慌てて手を振る哲郎の向こうに、「おはようございます」と大きなアフロヘアが入って来た。

「病棟は僕が見ときますよ、マチ先生。先生は僕のトランキライザーですからね。無理をさせるわけにはいきません」

「いや、しかし……」

「ええやないか、手伝ってもらえや、マチ君」

いきなり廊下から、鍋島の太い声が飛び込んできた。

「ひとりでできることは限られとる。持ちつ持たれつやで」

言うだけ言って、顔も見せずに遠ざかっていく院長。

悠々とアッサムティーを味わう中将。

おもむろに何か怪しげな安定剤を飲んでいる秋鹿。

歯ブラシをくわえたまま、順々に頭を下げている哲郎。

それらを見守る南の口元に、自然と笑みがこぼれてくる。

一見ばらばらに見える医師たちが、ごく自然に嚙み合って、原田病院という大きな歯車が回っている。つまり、多くの患者たちを支えている。そういう事実が染み込むように伝わってくるのである。

「大丈夫かい、南先生は」

ようやく歯ブラシを置いた哲郎の言葉に、南は赤い目のまま首を振った。

「私は大丈夫です。むしろ、とても貴重な経験ができました。ありがとうございます」

「そうか、それは良かった。あんまり失望させちゃ、花垣さんに何を言われるかわからないからね」

睡眠不足の指導医の口から、南が返答に窮するような内容が返ってくる。

「花垣さんに限らないか……。西島君は優しさに欠けているし、天吹君だって若いわりに言うことは遠慮がないんだ。まったく頭がいい人たちだけに、油断できないよ」

花垣はもとよりほかの医師たちも、南にとっては医局の大先輩であるから、答えようがない。

「きっと……大丈夫だと思いますが……」

なんとか当たり障りのない返事を口にしたところで、哲郎のＰＨＳが鳴り響いた。

応じた哲郎は、一拍置いて「え？」と驚きの声を上げた。それから二度三度事実を確認するような質問を返してから、やがて「わかった」と言ってＰＨＳを下ろした。

「お盆ってものね」

すでに会話の断片から、大方を悟ったように中将が言った。

怪訝《けげん》な顔をする南にかまわず、中将が続ける。

「訪問看護からでしょ」

「正解です」

「逝ったのは今川さん？」

「いえ、黒木さんです」

中将は、持ち上げかけたティーカップを口元で止めた。

秋鹿がアフロヘアを揺らせて振り返った。

「二条の黒木おじいさんが逝ったんですか？」

「今朝方、息子さんが部屋に行ったら、呼吸が止まっていたそうです」

哲郎は白衣の襟を直しながら続けた。

「すいません、秋鹿先生。やはり病棟回診をお願いします」

「かまいませんよ。しかし黒木のおじいちゃんが逝きましたか。可愛いおじいちゃんと口の達者な息子さんの組み合わせは、まだまだ元気な気がしたんですけどねぇ」

「先週見にいったときも、変わりはなかったのですが……」

「変わりないのが、突然逝く。そういうものよね」

中将の独り言めいた調子には、妙な実感がこもっている。

「じゃ、ちょっと行ってきます」

そう言って立ち上がった哲郎を、南が呼び止めたのはほとんど無意識のことであった。

「あの……先生の往診って自転車ですよね。私、車を出します」

唐突な申し出に、哲郎の方が戸惑いを見せた。

「しかし、先生も、もう大学に戻る時間だよ」

「大丈夫です」

南は返事を待たずに語を重ねた。

「当直明けの今日は、午前中は休んで良いことになっているんです。医局には一報入れておきますから、私は大丈夫です」

いつになく張りのある南の声が医局に響いた。

隣に座っていた中将が、微笑とともに沈黙を埋めた。

「いい心がけね」

そのまま睡眠不足の往診医を顧みた。

「徹夜明けで自転車をこぐよりはいいんじゃない？」

哲郎は、白いものの混じった髪を掻きながら後輩を見返した。

南がもう一度大きくうなずけば、哲郎に拒否すべき言葉はなかったのである。

四条通を東に進み、鴨川を越えて川端通を北上する。

迂闊《うかつ》に脇道には入らず、街角の小さな有料パーキングに車を止めたのは、目的地が細い小道の奥だからだ。ふたりは車を降りて、朝の路地に足を進めた。

「いや、ほんまに驚きました……」

哲郎を迎え入れた勘一の第一声がそれであった。

「昨日の夜まで普通やったんです。一緒にメシ食うて、おやすみと言うた時にもちゃんと返事をしてくれたんです。せやのに……」

普段の軽口が嘘のように、勘一は悄然《しょうぜん》と肩を落としていた。

哲郎と南が、骨董だらけの店先を抜けて、奥の坪庭に面した部屋まで行くと、ベッドのそばで待っていた訪問看護師が黙礼した。

ベッド上の黒木勘蔵は、いつものうたた寝しているような姿勢で横たわっている。顔色ももともと血の気が薄いから、変化は見えない。ただ、呼吸だけが止まっていて、かすかな鼾《いびき》やときどきの痰のからんだ咳もない。エアコンの音がいつになく大きく聞こえてくることが、かえって勘蔵が旅立ったことを明瞭に物語っていた。

「もうちょっと、親父に気を配ってやれば良かったんでしょうか。俺、いっつも乱暴なことばっかり言うてたさかいに……」

「昨日の夜も、いつもと変わりはなかったんですね」

哲郎の確認に、勘一は頼りなくうなずく。

冷房は効いているのに、その額はじんわりと湿っている。

『親父が、はよ逝ってくれへんと面倒見る俺の方も大変や』なんて、いつもの軽口きいてたくらいなんですわ……、それがほんまに逝ってまうなんて……」

勘一の意気消沈した様子が伝わってくる。南の方まで胸が苦しくなったが、しかし哲郎の態度は変わらない。

「それで良かったんですよ」

「良かった？」

「息子さんがいつも通りに振る舞っていた。おかげで、勘蔵さんはいつも通りの安心した眠りの中で逝ったのでしょう」

哲郎は勘蔵の痩せた手を取った。骨と皮のように痩せ、少しだけ固くなってはいるが、まだいくらか体温が残っている。

「こんなに穏やかに逝ける人は、珍しいんです。もし息子さんが、いつもと違う気遣いを見せたり、やたらと優しい言葉をかけたりしていたら、逆に勘蔵さんは、不安になっていたかもしれません。でも、あなたがいつも通りだったから、自然に旅立つことができたんでしょう」

哲郎は、死者の手を放して息子を振り返った。

「日々の介護はとても大変だったと思います。本当にお疲れ様でした」

哲郎が丁寧に頭を下げ、隣の看護師も、後ろに立っていた南も、すぐにそれに倣《なら》った。勘一はしばし呆然としていたが、やがて気が抜けたように大きく息を吐いた。いつのまにか、その目に薄く光るものが浮かんでいた。

「そないに言うてくれますか、先生は」

声は中程から、かすれていた。

にわかに溢れてきた涙を、手の甲でこすりながら、勘一はぎこちない笑みを浮かべた。

「実際言うと、ほんまに大変でした。メシの支度も、オムツの交換も、デイサービスの見送りも……。せやけど、投げ出さずにやってこれたのは、いっつも笑うて俺の愚痴を聞いてくれてはった先生とか看護師さんとかのおかげです」

勘一は看護師に頭を下げ、それから手を伸ばしてなかば強引に哲郎の右手を取ると、ほとんど押し頂くように持ち上げてまた頭を下げた。

「先生、ほんまおおきに……」

繰り返してそう告げたあとも、勘一はしばし動かなかった。

哲郎も何も言わず、黙ってその手を両手で包み込んだ。

南は部屋の隅に立って、じっとそれらを見つめていた。

午前の日差しの下、南の運転するスペーシアは川端通を下っていた。

送り火を終えたばかりの朝の大通りは、心なしかいつもより往来が少なく静かだ。

助手席の哲郎は、座席を斜めに倒して頭の上で手を組み、ぼんやりと空を見上げている。鴨川沿いは大きな建物がないから、町中よりも空が広い。

黒木家を辞した二人は、小道を駐車場まで歩き、そのまま車に乗り込んで出発した。わずかな歩行の間にも背中に汗がにじむような厳しい日差しであったが、南の脳裏には感情と風景と理屈と、色々なものが往来し、首筋の汗をぬぐうこともしなかった。

「なんだか息子さん、とても寂しそうでしたね」

ハンドルを握る南が口を開いたのは、いくらか汗が引いた頃合いだ。助手席の哲郎は空を見上げたまま、つぶやくように応じた。

「普段はもっと陽気な人でね。毒舌もすごくて、ちょっとびっくりすることもあったくらいなんだが……」

「そうなんですね、そんなふうに見えませんでした」

「きっと、息子さんなりに気を張っていたんだろうね」

なかば独り言のように哲郎は続けた。

「人を見送るというのは、本当に難しい……」

南にとっては、それはむしろ意外な感慨だ。

勘蔵の死はたしかに突然であったが、同時にとても自然に見えたからだ。朝、家族が気づいたらベッドの上で息を引き取っていた。九十歳を超えた人間の最期としては、これ以上はない大往生であろう。

けれども哲郎はもう少し別のものを見ているのかもしれない。

南がちらりと助手席に視線を投げると、哲郎は相変わらずぼんやりと空を見上げるばかりだ。凄まじい出血を前にしても涼しい顔をしていた指導医が、今は迷うような探すような目を窓外に向けている。

「人の幸せはどこから来るのか……」

ふいに哲郎が、つぶやいた。

「それが私にとっての最大の関心事でね」

不思議な言葉が、零《こぼ》れ落ちていた。

きっと普段ならそんな言葉を口にすることはないのだろう。夜を徹した疲労と、処置の緊張と、人を見送ったあとの虚脱感と、様々なものが入り乱れて偶然零れてきたに違いない。

南は、黙って耳を澄ます。

「少しでも多くの人たちが幸せに過ごせるように、自分には何ができるのか、そんな風に言い変えてもいいかもしれない。もちろんこんなことを言うと、笑われることもある。医者にできることは、患者の病気を治すことに決まっているだろうってね。病気が治れば患者は幸せになるんだから、そこに力を尽くせば良い。私自身も以前はずっとそう思っていた」

車は三条京阪の信号で停車した。

京都でも最も繁華な交差点のひとつである。広い交差点を様々な装いの人が渡っていく。旅人らしき青年、杖をついた老婦人、子連れの夫婦に、若いカップルもいる。左手には、それらを見守るように御所に向かって手をついた高山彦九郎の銅像が座している。

「でもね」と哲郎は続ける。

「病気が治ることが幸福だという考え方では、どうしても行き詰まることがある。つまり病気が治らない人はみんな不幸なままなのかとね。治らない病気の人や、余命が限られている人が、幸せに日々を過ごすことはできないのかと」

再び動き出したスペーシアは、大通りを下ってやがて四条通に達した。つかの間哲郎が沈黙している間にも、スペーシアは右折した先の四条大橋を渡っていく。朝日を受けた鴨川の川面が、燦然《さんぜん》としてまばゆい。

「君も原田病院で見た通り、世の中には治ることのない病気を抱えた人は山のようにいる。認知症、慢性心不全、進行した癌の患者……。病が老いというものの、ひとつの表現型であるのなら、ある意味ですべての人が治らない病を抱えているということになる。問題はいつそれが表面化するかだけの問題だ。だから病気に苦しむのは年配の人に限らない。若い人の中にも不治の病をわずらう人がいて、ときには若くして亡くなる人もいる」

南のスペーシアは鴨川を渡った先の河原町通で再び右折した。病院と反対の方向であったが、南はほとんど無意識のうちに帰路から外れる方向にハンドルを切っていた。もう少しだけ、哲郎の言葉を聞いていたいと思ったからだ。

「たとえ病が治らなくても、仮に残された時間が短くても、人は幸せに過ごすことができる。

できるはずだ、というのが私なりの哲学でね。そのために自分ができることは何かと、私はずっと考え続けているんだ」

その問いかけは、南に問うたものというよりは、自分自身への確認のようであった。哲郎は返事を待つわけでもなく、じっと空を見上げたままだ。

河原町通に入ったスペーシアは、繁華街を背にして北上していく。本能寺を過ぎ、市役所前を通り抜け、やがて左手には、御所の森が見えてきた。

「先生は、なぜそんな風に考えることができるんですか?」

南の問いに、哲郎がようやく青空から運転席に目を向けた。

指導医の視線を頰に感じながら、南は懸命に続ける。

「私なんて、目の前の患者さんを治療するだけで精一杯です。それなのに、治らない病気を抱えていても、幸せに過ごせる人もいるはずだなんて……」

「実際にそういう人に出会ったことがあるんだよ」

微笑を浮かべながら、哲郎はまた青空に視線を戻す。

「若くして難病をわずらった女性がいてね。幼い子供を残して数年で亡くなったんだが、最後まで笑顔をなくさなかった。夫を早くに交通事故で亡くして、今度は自分が難病だ。どう考えても悲惨な人生に見えるのに、記憶をたぐると思い出は笑顔ばかりなんだ」

はっと、南は息を吞んでいた。

数年前、哲郎が大学医局を退局した理由を、噂で聞いていたからだ。まだ若い妹が長い闘病生活のすえ亡くなった。残された甥を引き取って育てるために、大学を辞めざるを得なくなったのだと。

唐突に先ほどの「若くして亡くなる人もいる」という哲郎の言葉が、重みをもってよみがえった。

「彼女自身、辛くなかったはずはないけれど、残された時間を、少しでも楽しい思い出にしたいと思ったのかもしれない。実際その思い出に私はとても救われている。つまり彼女は、絶望の淵に立ちながら、魔法のように幸せな時間を作り出してくれたわけだ」

小さく息を吐いて哲郎は続けた。

「できるなら、私もそんな人間でありたいと思うんだよ」

温かな声が車内に溶けていった。

——とても大きな人なのだ。

それが南の実感であった。

単に優しいのではない。思慮深く、冷静だというだけでもない。とても大きいという、それ以上の表現は、かえってこの人物を型に嵌《は》めてしまうのだということが、南にも見え始めていた。当初、つかみ所のない人だと南が感じたのは、この指導医が、南の考える医師という枠にとどまらない人物であったからに過ぎない。その大きすぎる輪郭を、捉え切れていなかっただけなのだ。

そこに気が付けば、さらに見えてくるものがある。

南に原田病院を勧めたのは、花垣である。目的は内視鏡を学ぶためであったが、花垣の思惑はもう少し別のところにあったのかもしれない。内視鏡技術にこだわる駆け出しの医師に、もっと広い世界を見せようとしていた。そんなふうに考えることもできるだろう。

いずれにしても、

〝このまま看取るというお考えではありませんよね？〟

昨夜、そんな苛立ちをまともに指導医にぶつけた自分の甘さを思い出して、今さらながら頬が熱くなってくる。

その熱を払うように、南は口を開いていた。

「ボストンに来てほしいと、花垣先生がおっしゃっていました」

深く考えて言った言葉ではない。

けれども、胸の内でゆっくりと頭をもたげていた事柄であり、そのままの勢いで、南は続けた。

「花垣先生が、雄町先生に第一助手をやってほしいと思っている気持ちが、よくわかる気がします」

哲郎は答えず、わずかに目を細めただけだ。

「先生は一緒に行くべきだと思います」

「ありがたい言葉だけどね。今朝の緊急内視鏡がうまくいったのは、色々な幸運が重なったおかげだよ。土田さんや五橋さんたちベテランがついてくれたこともあったし、君の補助にもいい意味で緊張感があった。いつもあんな処置ができるわけじゃない」

「内視鏡の技術はもちろんそうですが、それだけじゃないんです」

　ハンドルを握りしめたまま南は、胸に溢れてきた思いをそのまま吐き出した。

「なんというか、多分、安心できるんだと思います」

「安心？」

「先生と一緒にいる人たちは、なんだか安心するんだと思います。患者さんもそうですし、五橋さんや、花垣先生もそうです。私だってそう感じます」

　そこまで言って、南は自分で自分に驚いたように口をつぐんだ。

　哲郎が不思議そうな顔を向ける。

　指導医の直視を受けて、南の頰がうっすらと赤く染まる。

「あんまりじっと見ないでください」

「ああ、ごめん」

　視線をさまよわせた哲郎は、窓外に目を向けて、あれ、と間の抜けた声を出した。

「なんで御所の横を走っているんだっけ？」

「先生は」と南は強引に言葉をねじ込んだ。

「だいぶお疲れですか？」

「いや、そんなことはないよ。むしろ南先生の方こそ大変だったろう。往診にまで付き合わせたしね。来週は休んでもいいよ」

「来週も来るつもりです。でも来週のことはいいんです」

南はハンドルを握る手に力を込めた。

スペーシアは、再び大きな交差点を左折した。今出川《いまでがわ》通である。銀閣寺から北野白梅町までの東西をつなぐ大通りだ。背後から差し込む明るい陽光が、通りの先に見える愛宕《あたご》山系の悠揚たる山並みを照らしている。

車の向かう先は、どう考えても原田病院ではない。

「徹夜明けの朝に、どこまでお出かけのつもりだい？」

どこか楽しげな哲郎の声に、南もまた朗らかに応じる。

「北野天満宮です」

「天神さんか」

「長五郎餅を食べに行きます」

唐突な話に、哲郎は二度ほど瞬きをした。

「五橋さんが言っていました。雄町先生の一番の好物なんだって。そうなんですか？」

「そうだね。死ぬ前に何か食べたいものがあるかと聞かれたら、おそらく私は長五郎餅をあげると思うよ」

「食べにいきましょう」

また瞬きをして、哲郎は改めて南に目を向けた。

「今から？」

「今から」

返答は迅速で簡潔だ。

生真面目な後輩の、思わぬ提案に、ちょっと間を置いてから哲郎はゆったりとうなずいた。

「名案だね。賛成だ」

穏やかな声に応じるように、南は少しだけアクセルを踏み込んだ。

左手には御所の森が鬱蒼《うっそう》と生い茂り、右手には同志社大学の洒脱な赤レンガが鎮座している。路肩に停車している灰色の大きなバスは、共産党の街宣車であろうか。そのそばを、手押し車を引いた豆腐売りの男性がのんびりと通り過ぎていく。

実に雑多な物事が、当たり前のように同居しているいつもの町の風景だ。

雑多なだけではない。送り火が終わったとはいえ、京の町は、今しばらく様々なお盆の行事が続いていく。亡くなった人が家に戻り、家族と共につかの間を過ごしてまた去っていく。送る者と送られる者とが今もしっかりとつながっている土地なのである。

そんな古い土地の街道を、二人を乗せた軽自動車は軽やかに走り抜けていった。

第三話　境界線

洛北に、奇怪な建造物がある。

洛北といっても市中の喧騒からはやや遠い。鴨川の支流である高野川をさらに北にさかのぼり、岩倉川へと分かれた先の宝ヶ池のほとりである。

鉄とコンクリートで築かれたその巨大な建造物は、木と土で営まれてきた古都の景色においては、明らかに異質である。

論評するのも容易でない。水平を強調する巨大な梁《はり》と、せり出すように傾斜した無数の柱という二種類の直線構造が幾何学的に絡み合う様は、モダンというよりは異様であり、斬新と評するには荘厳に過ぎる。いわば、駅前にそそり立つ京都タワーと同じベクトルを持っている。

その建物の名を、京都国際会館という。

名称のとおり、国際会議の舞台となることも多いこの場所は、さまざまな医学会の総会が催される場所でもあるから、哲郎も何度か足を運んだことがある。最初に見たのは、まだ東京で研修医をしていたときであったが、風雅な山水に囲まれた場所に、巨大な航空母艦が座礁しているような印象をうけたものであった。

九月初旬、哲郎がこの座礁した空母に足を運んだのは、そこで開催される学会に出席するためである。ＪＤＤＷ（Japan Digestive Disease Week）と呼称されるそれは、内科と外科を問わず、消化器に関連する五つの学会が一堂に会し、数日にわたって様々なシンポジウムや講演が開かれる日本の医学界でも有数の巨大イベントだ。

参加人数は医師だけでおよそ二万人。日進月歩の消化器診療について議論される中で、新しい手術が提案され、新型の内視鏡が提示され、特殊なステントが試験される。そういう最新の知識と技術に触れるために、大学病院にいたころの哲郎は、必ずこれらの全国学会に参加していたが、市中の小病院に移った今も、そのスタンスは変えていない。変えないことが哲郎のスタンスだと言ってもいい。

ただ、普段ならプログラムを眺めながら、複数の会場を渡り歩くのだが、今年のＪＤＤＷは目的とする講演が明確であった。

「すごいもんだな、花垣さんも」

巨大ホールの二階席の片隅で、哲郎は誰ともなくつぶやいていた。

はるか前方のスポットライトが当たる演台上で、悠々と歩きながらプレゼンテーションをしているのは、ダークグレーのスーツに隙なく身を固めた洛都大学の准教授であった。

学会初日、特別講演の演者のひとりが花垣であったのだ。

舞台になった第三会場は、千人を収容できる第一、第二会場までの広さはないが、それでも後方に階段席まで備えて数百人が着席できる。哲郎のいる最後尾の階段席は、演台から相当遠いこともあって空席が多いが、見下ろした先の一階席は完全に満席で、壁際の通路に立って真剣に聞き入っている若い医師たちも見える。

　場内は十分に冷房が効いているはずだが、肌を包むような熱気が感じられるのは、それだけこの講演が注目を集めているということの証であろう。

　照明を落とした会場に目を凝《こ》らせば、そこかしこに、名のある専門医や有名教授らしき影もある。珍しいのは、会場の右端にビデオカメラを担いだ数人の人影があることで、哲郎はその中に、雑誌編集者の葛城らしき姿も見つけていた。

　なんとなく哲郎の心がうずくのは、かつての学会活動を思い出して懐かしくなったためだけではない。大学に残っていれば、自分がそこに立っていたかもしれないという唐突な空想が脳裏をよぎるからだ。格別の野心家というつもりはないが、それでも自分の仕事に大勢の人々が耳を傾けてくれるというのは特別な経験であり、そこに伴う充実感とある種の快感も哲郎は知っている。

　哲郎は、浅く腰かけたまま背もたれに身を預け、白いものの交じった髪を軽く掻きまわした。

「意外と未練なのかな……」

　苦笑したところで、隣の席にすっと腰を下ろした長身の男性がいた。

　周りにほかに空席があるのにわざわざ隣席についた黒スーツの男は、何気ない態度で演台に目を向けつつ、

「こんなところに隠れていたんですか」

小声でそう告げた。

首を動かした哲郎は、相手の横顔を見て思わず声を上げていた。

「天吹《あまぶき》か」

「お久しぶりです、マチ先生」

哲郎の五年後輩にあたる天吹祥平は、人なつこい笑みを浮かべて一礼した。

天吹は哲郎にとって、もっとも親しい後輩のひとりだ。大学医局でともに働いた期間はそれほど長くはないが、同じチームに所属し、哲郎が直接指導した若手医師の一人でもある。長時間の処置にも耐える胆力と体力を備え、内視鏡の技術レベルも相当に高い。哲郎の去った医局では花垣の片腕として頭角を現しつつあると聞いている。

「なかなかご挨拶にもいけず、すいません。この前は、論文の査読までしていただいて、無事アクセプトされたのに、お礼もまだ言っていませんでした」

「気を遣うことはないよ。大学の先生がやるべきことは、お礼参りじゃなくて、診療と研究だ」

「あと、うちの南もお世話になっています。最初の頃はなんだか微妙な顔をしていましたが、最近すっかり様子が変わって、毎週原田に行くのを楽しみにしているみたいです。またファンがひとり増えましたね」

「そりゃどうも。しかし天吹も、精悍《せいかん》な顔つきになってきたじゃないか。責任ある立場になってきたか？」

「あちこち気を遣うことが多くて、やつれているだけですよ」

軽快に受け流した天吹は、バッグの中からりんごほどのサイズの白い包みを取り出して「お土産です」と手渡した。紙包みを開いて出てきたのは色鮮やかなグリーンのアルミ缶だ。

哲郎は目を見張った。

「緑寿庵《りょくじゅあん》じゃないか」

それは、百万遍《ひゃくまんべん》にある金平糖の老舗の名前である。この厳しい時代に、今なお金平糖専門というお伽噺《とぎばなし》のような哲学を、意固地なまでに貫き通している名店だ。

「宇治の濃茶味です。論文のお礼です」

「持つべきものは気の利く後輩だね」

嬉々として応じた哲郎はさっそく開封し、鶯色《うぐいすいろ》の彗星のような砂糖菓子を持ち上げて、口中に放り込んだ。

糖蜜に糖蜜をからめ、手間を渋らず、時を惜しまず、無心の忍耐が生みだしてくるこの和菓子は、爽やかな甘みもさることながら、これを包む豊かな香りが絶品だ。芳醇でありながら、けして押しつけがましくならないのは、素材も技術も並みでない証左であろう。

哲郎は、茶葉の香りを満面の笑みで楽しみながら、「食べるかい？」と後輩にも差し出せば、天吹はおかしそうに笑って首を振った。

ふいに会場に笑声の輪が広がったのは、花垣が得意のユーモアをひらめかせたからであろう。

医師としてだけでなく、プレゼンターとしても一流なのである。

「しかしお土産を用意してくるなんて、この広い会場で、よく私を見つけられると思ったね」

「実際、苦労しましたよ。絶対花垣先生の講演には来てると思いましたが、ここだけでも相当広いですからね」

でも、と天吹は哲郎に笑いかける。

「先生にはオーラがありますから。会場のこんな端っこにいても、すぐわかります」

「どうも、花垣さんにしても君にしても、私のことを勘違いしているらしい。買い被られるのも度が過ぎると、いい加減、気が滅入ってくるものだよ」

哲郎は肩をすくめつつ、もうひとつ金平糖を口に運んだ。

花垣の講演を聴きに来るのは、視野が広くモチベーションも高い若手の医師たちが多い。そういう聴衆は演台に近い一階席に座るし、座る場所がなくても壁際の通路に立って前の方でプレゼンテーションを聴いている。飄然《ひょうぜん》と後方の二階席に陣取っていれば、かえって天吹の目にも留まるのであろう。

「お世辞じゃありません。僕は今でも本気で先生からもっと多くのことを学びたいと思っています」

「とりあえず、ありがとうと言っておくよ。ただ、医局に辞表を出した身だ。天吹に見つかるのはいいけど、教授に見つかるのは避けたいね」

「教授だけじゃありません、西島先生にも見つからない方がいいと思います」

「西島君？　講師になってずいぶん存在感を増しているという話は、花垣さんからも聞いているけど……」

「西島先生は、いまだに先生が突然退局したことを非難するようなことを言っています。気を付けてください」

「相変わらず執念深い男だな」

哲郎は、目つきの鋭い後輩医師を思い出して苦笑をこぼしていた。

西島は、寡黙な努力家で多くの論文も発表している医師だが、自尊心が高く、ともすれば柔軟性に欠けるきらいがある。おまけに哲郎に対して妙に張り合う様子があり、些末《さまつ》な議論を吹っかけられたことも少なくなかった。哲郎としても格別近づきたい相手ではない。

「西島君に好かれたいとは思わないが、今さら私に対抗心を燃やすものでもないだろう。むしろ私がいなくなった分だけ、天吹の方に矛先が向いているんじゃないか？」

「僕はもちろん嫌われていますよ。西島先生からしたら、うるさい後輩でしょうからね。でも今は、先生も要注意です」

「なぜ？」

率直な問いに、天吹は微妙な表情で首を振った。

「くだらない理由なんで、聞かない方がいいと思います。先生に非があるわけではありません」

「それなら構わないが」

またひょいと金平糖を口中に放り込む。

医局内の複雑な人間関係については、哲郎も嫌というほど経験している。今さらこまごまと確認しようとは思わない。

「それよりマチ先生、ボストンの件は真剣に考えてくれていますか。花垣先生からも確認しておいてくれって言われています」

「そいつは期待しないでほしいね。だいたい私が行くくらいなら、君が行けばいいことだろう」

「僕は居残り組ですよ」

「居残り？」

「ボストンのライブには、実力のある医局員の多くが花垣先生に同行します。大学をがら空きにするわけにはいきません。当初は西島先生が責任者として残る予定だったんですが、教授から花垣先生に、もうひとり誰かを残してほしいと要望があって、僕が選ばれました」

さりげなさを装っているが、天吹の心情は複雑であろう。

天吹としても、花垣について渡米したい気持ちが強いに違いない。しかし一方で、留守居役に選ばれるということは、花垣から特別な信頼を寄せられているということでもある。無事乗り切れば、医局における天吹自身の立場も強くなる。

「教授も人を見る目はあるからね。西島君は頭は切れるが、臨床家というよりは研究者だ。花垣さんの代わりは荷が重いだろう」

「責任は重大ですが、きっちり守り抜きます。だから先生にはボストンに行ってほしいんです」

押さえていた声が、少しだけ大きくなった。

「そうして先生には大学に戻ってきてほしいと思っています。そう考えているのは、花垣先生だけじゃありません。僕のように、先生がいた頃を知っている医師は皆同じように思っています」

哲郎は答えなかった。

天吹の声に引き寄せられるように、多くの記憶が往来していた。

花垣と二人で、十時間以上かかる内視鏡手術を必死に完遂したことや、たった一例の内視鏡写真について深夜までカンファレンスをした思い出がある。全国学会のシンポジウムで聴衆の耳目を集めたこともあれば、パネルディスカッションで恣意《しいてき》的な発表を糾弾したこともある。

わずか五、六年前の話だが、ずいぶん遠い。

折しも会場ではどよめきの輪が広がった。正面のスライドでは、幼い子供の内視鏡画像が動画で示されている。内視鏡の全長より小柄な少年が麻酔下で処置を受けている画像は、なかなかに衝撃的だ。

「六歳児のERCPか。相変わらず恐ろしい処置をやってるね、花垣さんは」

「最近外科で肝移植の症例が増えてきた影響です。かつては命がけの再手術が必要になっていた小児の閉塞性黄疸が、内視鏡で解決できるようになってきています」

「新しい可能性を切り開いているわけだ。やはりあの人は普通じゃないね」

「花垣先生はまだまだ上に行きます」

天吹ははるか遠くの演台に立つ准教授を、無心のまなざしで見つめている。そのままの目を哲郎へ転じた。

「先生も、上に行くべきです」

「何のために?」

とは哲郎は問わなかった。

質問としてはずいぶんと意地が悪いことはわかりきっていたからだ。

――我ながら、不思議なものだ。

哲郎自身、自分の心の揺れが未練なのか感傷なのかさえ、よくわからない。

かつて生活を擲《なげう》って全力を傾注していた最先端医療が、しかし今は奇妙に遠い存在に感じられている。あれほど眩く華やかに見えた世界から遠のき、余命の限られた患者のそばに黙々と足を運んでいる今の在り方に、自分でも隔世の感がある。

――世界は広いということかな。

感慨とともに吐息したとき、「先生」と天吹が小声で注意を喚起した。

顔を上げれば、天吹は同じ二階席の扉の方を目で示している。

ちょうど扉が開いて、見覚えのある痩せたスーツの男が姿を見せたのだ。一瞬誰であったかと思案しかけて、すぐに思い当たった。ほかでもない、先刻話題にあがった西島であったのだ。

薄暗い通路に立って、どこに座ろうかと座席を物色している。もともと頬骨の張った眼光の鋭い男であるから、犯人を捜す刑事のような様相に見えてくる。

「退散した方がよさそうだね」

「まだ、気付いていませんから、今のうちです」

うなずいて哲郎は、腰をかがめつつ立ち上がる。肩越しに一瞥を投げると、西島のすぐ後ろに小柄な女性がついて入ってくるのが見えた。

心持ち視線を落とし、付き添うような人影は、南のように見えたが判然としない。判然としないまま哲郎は会場をあとにした。


九月も半ばに差し掛かろうとしていた。

残暑の厳しさは言わずもがなの時候であるが、それでも夜明け間近の路地裏や、ふとした驟雨《しゅうう》のあとにかすかな秋の気配が匂うこともある。東山の古寺の参道を萩が彩るのも、洛北の田園に藤袴《ふじばかま》が揺れるのもこの季節だ。

もっとも、残暑が厳しかろうと緩もうと、院内のカンファレンスの彩りが変わるわけではない。カンファレンスの空気を左右するのは、暦ではなく、患者の病態である。

「ほな、今週の予定や」

鍋島のいつもの掛け声とともに始まった定例のカンファレンスは、常にない緊迫感を伴っていた。いくつかの厄介な事態が生じていたのである。

「中将、松山さんの経過はどないや」

鍋島が、後輩の外科医に向かって「亜矢ちゃん」ではなく「中将」と呼びかけること自体が、穏やかならぬ状況を示している。

「なんとかなっています。今のところは」

中将が淡々とした口調で応じながら、患者のスライドをスクリーンに呼び出した。

松山儷子《れいこ》は先週、腹腔鏡《ふくくうきょう》で大腸癌の手術をした高齢患者だ。術後の経過が不安定で、吻合《ふんごう》不全が疑われている。つまり腸管と腸管をつなげた部分が、外れかかっているかもしれないということだ。

「リオペの可能性は？」

「そうならないことを願います」

リオペとは、すなわち再手術のことである。

腸と腸がうまく繋がらなければ、再度の外科手術が必要になる。外科医としてはもっとも回避したい事態だ。

「思ったより癒着がひどかったからな。お年寄りやし、開腹せずに手術できただけでも上々やと思うたが……」

「言い訳はしませんよ。リオペで開腹になったら、意味がありませんから」

中将は眉ひとつ動かさず、その返答はほとんど冷淡なほどだ。

オペ室の看護師の話では、手術中に修羅場になればなるほど、中将の頰は冴え冴えと白くなり、汗も引いて、白磁器のような硬質な冷気を帯びてくるのだという。大粒の汗を浮かべる鍋島とは対照的で、暑いのか寒いのかわからなくなると、誰かがぼやいていたことを、哲郎は思い出していた。

「秋鹿、そっちはどないや？」

鍋島が、元精神科医を「淳ちゃん」ではなく「秋鹿」と呼ぶのも普通ではない。その普通でない事態については、哲郎も耳にしている。

先週、秋鹿の外来に通院していた高齢の患者が、自宅で練炭自殺を図って救急搬送されたのだ。

肺癌の終末期の患者で、癌に対する治療は何もしていない。見守るだけの診療だが、元々うつ病が併存していたために、秋鹿が担当していたのである。

「外来やと落ち着いているように見えたのに、えらい急な展開やったな」

「そうでもありません。最近少しずつ呼吸苦が目立つようになってきていました。心身ともにかなりのストレス状態でしたから、ある程度はやむを得ない経過です」

秋鹿はいつもの超然たる態度で答えた。

抑揚が乏しい上に、大きな黒縁眼鏡のおかげで表情も見えにくい。おかげで熱意に欠ける人物に見られることもあるようだが、けしてそうではなく、背景には精神科医としての確かな経験と合理的な判断がある。

「助かりそうなんか？」

「一酸化炭素中毒については、問題ありません。ただ、肺癌もだいぶ進行しています。真夏の締め切った部屋で練炭を焚いてでも、あっちへ逝きたいと思ったくらいですから、どこまで治療をすれば良いかは難しい問題です」

「そうやな」

「家族とも連絡を取り合って、着地点を決める予定です」

どこまでも淡々とした口調である。

秋鹿の外来には、うつ病や統合失調症などの精神疾患を抱えた患者が少なくない。精神疾患だけの患者であれば専門病院に任せればよいが、癌などの内科疾患が併存している患者は、精神科の病院では対応しきれず、しばしば秋鹿のもとに紹介されてくるのだ。結果として生じる危うい事態をゼロにすることはできない。そのひずみを、秋鹿は黙々と受け入れて対処している。

奇しくも中将が厳しい局面を迎えているタイミングで、秋鹿も困難な症例と対峙《たいじ》しているということである。

哲郎がおもむろに口を開いた。

「なにか手伝えることがあれば、言ってください」

「ありがたい言葉です。適宜《てきぎ》甘えますよ」

応じた秋鹿は、しかし、と続ける。

「マチ先生もなかなか厄介な症例を受け持っているでしょう」

「厄介な症例？」

「例の酒飲みさんです。ワーカーの緑川さんが頭を抱えていました」

ああ、と哲郎が緊張を解いたのは、その一件が、中将や秋鹿の症例ほど喫緊《きっきん》の問題ではなかったからだ。

鍋島が太い眉を動かした。

「酒飲みっちゅうと、あの食道静脈瘤破裂の辻さんか？　この間の緊急内視鏡のあとは、再出血もせんで、元気になってきたっちゅう話やったやないか」

「全身状態は大丈夫です。ただこれからが問題で……」

「なにが問題や」

「辻さんは、もともと経済的な問題を抱えている人です。緑川さんが安定した治療のためにも、生活保護の導入を勧めているんですが……」

哲郎は髪を掻きながらため息をついた。

「本人から拒否されました」

「拒否？」

「この年まで生きてきて、人様の世話になりたくはない、というのが返事です」

鍋島が呆れ顔になった。

「散々病院を騒がせておいて、妙なところでプライドを発揮するもんやなぁ」

「緑川さんもこういうケースは初めてだと言っていました。とにかく今回も追加治療はできないまま、先週末に退院になったところです」

「そら急ぎの話やないやろうけど、またいつ運び込まれてくるかわからん。あんまりのんびりしとるわけにもいかんやないか」

鍋島の言う通りである。

先月、二度目の緊急内視鏡でなんとか救命できた辻新次郎はその後、黄疸と腹水が悪化したため、退院まで二週間以上の治療を要した。ようやく全身状態が改善し、追加治療と生活保護の導入について説明する哲郎に、辻は歯並びの悪い口元に苦笑いを浮かべて答えたのだ。

〝このままにしといてくれへんか、先生〟

顎の無精ひげをこすりながら、笑ってそう告げた辻の態度は自然体であった。

あまりに自然であったために、哲郎は反論を逸したまま退院していく辻を見送らざるを得なかったのである。

「一応、最低限の内服薬と、外来の通院は続けてくれるようですが、それ以上は踏み込めていません」

そんなアホな、とぼやく鍋島に対して、中将も冷ややかだ。

「偉そうなこと言ってるけど、散々現場を振り回してきたのは患者の方でしょ。バカなこと言ってないで、ちゃんと治療を受けろって怒鳴りつけりゃいいじゃない。こっちはボランティアじゃないんだから」

冷気をまとった中将の声は、いつも以上に切れ味が増している。容赦のない発言だが、医師としての虚飾ない意見であることは確かだ。

「そうしたいところなんですが……」

「冗談よ、マチ君にできるわけないでしょ」

毒舌を吐きながらも、引き際を誤らないのが中将の中将たる所以《ゆえん》であろう。

「そんな勝手なこと言われても怒らないんだから、マチ君の忍耐力には脱帽だわ。私にはとても無理。とりあえず変に悩むのだけは禁物だからね」

投げやりな口調でありながら、片隅に気遣いが含まれている。

「こんな時でも、やっぱり優しいなぁ、亜矢ちゃんは」

「またセクハラですね、理事長に言いますよ」

「そら厳しい話やで、大将」

「中将です」

安易なその掛け合いが、カンファレンス終了の合図であった。

医師たちが部屋を出て行くのを見送りながら、哲郎は会議室の天井を見上げる。

中将も、秋鹿も、それぞれに重い症例と向き合っている。哲郎もまた判断の悩ましい事例を抱えている。皆熟練の医師ではあるが、熟練だからといって、あらゆる事態をコントロールできるわけではない。努力も技術も経験も、あるに越したことはないが、それがすべてではない。

相手は人間なのである。

哲郎は、天井を見上げたまま、ポケットから小さな薬ケースを取り出して、中身をひと粒口の中に放り込んだ。入っているのは頭痛薬でも安定剤でもない。先日天吹からもらった濃茶味の金平糖である。外来にあった薬ケースに、金平糖の残りを入れて持ち歩いているのである。口中に爽やかな茶葉の香りが広がり、まとわりつく鬱屈《うっくつ》した空気を少しばかり払ってくれる。

哲郎はひと息ついてから、ケースを白衣のポケットに戻して立ち上がった。


朝から重い内容のカンファレンスで始まったその日は、いつになく忙しく、診療の途切れない一日となっていた。

普段なら、夕方には外来も処置も落ち着き、東山の稜線が茜色に染まる頃には二階の医局に医師たちが戻って来るのだが、その日はとっぷりと日の暮れた夜になって、ようやく哲郎が戻って来ただけである。

時刻はすでに夜の七時。

午前の外来が長引き、そのまま午後の大腸カメラに入り、夕方になって珍しく急患が重なったから昼食を摂る暇もなかった。龍之介に、帰宅が遅くなるという連絡を入れて、哲郎はカップラーメンをすするのである。

多忙なのは哲郎だけではない。

中将の患者の経過は微妙なようで、外科チームには無言の緊張が続いている。秋鹿も自殺企図の患者の件が落ち着いていないのか、今もまだ病棟にいる。

病院全体が、息をひそめて闇を窺《うかが》っているような、張り詰めた沈黙が広がっていた。

そんな中で、ラーメンをすする哲郎の思考は、ゆらゆらとまとまりなく低徊《ていかい》しつつ、カンファレンスでも話題になった辻の一件にたどり着いていた。

辻が生活保護を断った面談は、ほんの一週間前のことであった。


〝このままにしといてくれへんか、先生〟

白い面談室で、辻新次郎は落ち着いた声でそう告げていた。

さして広くもない室内に、辻を囲むように、主治医の哲郎のほか、主任看護師の五橋《ごきょう》と、ソーシャルワーカーの緑川が集まっている。

「俺は、生活保護にはならへん。このままで、ええんや」

辻の返答に、哲郎は反論せざるを得ない。

「しかし今の辻さんの生活では、薬代さえ十分に確保できません。定期的な検査も難しくなります」

「せやから、なんとか財布に収まる程度の薬にしてくれへんか。それだけはちゃんと飲むようにするさかい」

「でも辻さん」と身を乗り出したのは緑川だ。

辻の病状は、内服治療だけでは限界があり、今後、定期的な内視鏡検査と追加治療も必要である。今の経済状況では、それが維持できない。しかし生活保護を申請すれば、十分な治療を受けられるようになる。

諄々《じゅんじゅん》と説き明かすような声には、緑川の真摯な性格が反映されている。真摯なだけでなく、緑川の忍耐力は院内でも定評がある。

しかし辻は無精ひげの生えた顎を左右に振ってから、哲郎に向き直った。

「先生、俺はろくでもない人間なんや。相方が逝ってしもうてから、毎日阿呆みたいに酒を飲んできた」

ぼりぼりと耳を掻きながら、辻は言葉を探すように視線を落とす。

「せやけど俺はこれまで、人の金で酒を飲んだことはない。金を借りたことはあるが倒したこともない。自分の始末は自分でつける。それが俺の唯一の自慢ですわ」

ゆっくりと視線をまた哲郎に戻した。

「せやのにこの期に及んで、人様におんぶに抱っこやなんて、殺生な話やで」

「しかし今の状態では、治療が不十分になります」

「俺にもプライドがあるんですわ、先生」

辻の声に力が入った。

「生活保護になっとる連中に、プライドがないって話をしとるんやない。俺の病気は自業自得やって話や、なあ先生」

苦みを含んだ目が、哲郎を見返していた。

「生活保護っちゅうのは、やむを得ん事情で生活できなくなった人のためにある制度やろ。俺はそうやない。俺みたいな人間が、気軽に寄っかかってええもんやない。大事な制度は、必要な人のために取っとくもんや。ちゃいますか？」

こんな場所で、こういう人から、非の打ちどころのない正論を聞かされるとは、哲郎も思っていなかった。こういう人であったかと、哲郎は声もなく耳を傾けていた。

「俺はもう酒をやめることはできまへん。こないな寂しい世の中を素面《しらふ》ではおれんのや。せやから、身の丈にあった薬だけもろうて、それで悪くなったら、相方のところに逝こうと思うてる」

「逝くと言っても、気軽にはいけませんよ」

哲郎は辛抱強く向き合う。

「電車に乗るときには改札を通るように、あっちに逝くときには病院を通ります。気ままに駆け込み乗車をやられては、切符を切る我々だって大変です」

「先生もおもろいこと言いますな」

「だいたい急に運ばれてきた患者の、貯金通帳まで確認して医療はできません」

「通帳なんぞ、はなからありまへんわ。手持ちの財布の中身が全部です。身分証代わりの古い免許証のほかは、カードも通帳もありまへん。なんやったら、免許証の裏に、およその所持金でも書き込んでおきましょか。それで先生も手間が省けますやろ」

乾いた声で辻は笑った。

論理は滅茶苦茶だが、力んだ様子のない態度に、主治医の方が押されている。

「あなたが血を吐くたびに呼び出される私や看護師たちの身にもなってください。人の世話にはならないと言っていることと、ずいぶんな矛盾です」

「そら仕方ないわ」

「仕方ない？」

「先生は、ろくでもない患者に見込まれたんや。諦めてください」

予想外の返答であった。

清々しいと言ってもよい響きであった。

呆気にとられている哲郎に対して、辻は穏やかに続けた。

「先生は、俺が初めてここに運ばれてきたときに、怒りもせんと、説教もせんと、ただ一言『大丈夫や』と言うてくれた。そんな先生は初めてですわ」

またぼりぼりと首のあたりを掻きながら、

「酒飲みは病院に行くと、人でなしやと怒鳴られるばっかりでっしゃろ？　せやけど先生は、人でなしを人として扱うてくれた。先生のとこやったら、俺は安心して逝けそうな気がするんですわ」

訥々《とつとつ》と語る辻を、五橋はもちろん、緑川も黙って見守るばかりだ。

辻は、はにかむような笑みを浮かべた。

「このままにしといてくれへんか、先生」

哲郎は反論する言葉を持たなかった。

辻の要求はどこからどう眺めても不合理であった。もとより合理を載せる器を、辻はもうどこかに片付けてきてしまったようであったが、さりとて、自暴自棄の騒がしさとも無縁であった。

深い諦観があったが、暗い絶望は見えなかった。

人生の終着駅で、あの世行きの列車の到着をのんびりと待っているような、のどかな旅人の風情であった。

沈黙の中でやがて辻は、ひび割れた唇に、遠慮がちな笑みを浮かべた。

「おおきに、先生」

「私は何も言ってませんよ」

若白髪の交じった髪を掻きまわす哲郎を、辻は笑って見つめている。

それから、両手を机についてから、深々と頭を下げた。

「おおきに、先生」

なおしばらく頭を下げたままであった。


「おおきに、か……」

哲郎は食べ終えたカップラーメンを卓上に戻して、つぶやいていた。

〝俺にもプライドがあるんですわ、先生〟

そんな掠《かす》れた声が耳に残っている。

まとまりのない情景が往来するのは、哲郎の中にも迷いがあるからだろう。

正直なところ、いざ辻が運び込まれて来たら全力で治療をする以外に選択肢はない。患者の財布の中身と相談して医療内容を決める医師など、少なくとも今の日本にはいないであろう。

しかし、と哲郎は畳みかけた思索をまた開きなおす。

――それが正しいことなのか。

笑って頭を下げた辻の様子が、熾火《おきび》のように胸の奥で揺らめいていた。

困ったものだ、とため息をつきながら、ソファに身を預けた哲郎は、薬ケースを取り出して金平糖を口に入れた。

――南先生ならどう答えるだろう……。

脈絡もなくそんな考えがよぎる。

あの何事にも真剣な後輩なら、やはり治療を優先するだろうか、それとも患者の意志を尊重するのだろうか。

そこまで考えて、考えたことそのものに哲郎は戸惑った。妙なことを思うものだと、軽く髪を掻きまわし、さらに二つばかり金平糖を口に放り込んだ。

南と天満宮を歩いたのは、もう一か月近く前のことである。徹夜明けだったこともあって、今一つ記憶が定かでない。なにやら浮き立つような雰囲気と、前を歩く南の揺れる黒髪が脳裏に残っている。

「邪念だな……」

敢えて哲郎は口に出して思考を中断した。

いくら思案のレンガを重ねても、レンガの方が粗削《あらけず》りだから、隙間だらけでじきに倒壊してしまう。

考えてみれば、辻の一件でこれほど頭を悩ませていながら、花垣がもたらしたボストン行きの件は、ほとんど頭に上がってこない。そちらの問題は、最初から結論が出ているということだろう。

「カップ麺とは珍しいですねぇ、マチ先生」

ふいに降ってきた言葉に顔をあげれば、元精神科医のアフロヘアが目に入った。

「夕食というよりは昼食ですか？」

気遣いを含んだ問いかけに、哲郎は努めて疲れを見せない口調で応じる。

「秋鹿先生こそ、お疲れ様です。例の患者さんはどうなりました？」

「今のところ精神面は落ち着いていますよ。ただ、だいぶ呼吸苦がひどくなってきましたから、麻薬を増量する方向で調整中です。そうなると……」

戸棚からコップを取り出し、水道水を汲んでいる。

「帰るのは難しいかもしれませんねぇ」

そう言うと、秋鹿はおもむろにポケットから小さなケースを取り出して、錠剤を口に入れた。こちらは哲郎と違って金平糖ではない。まぎれもなく安定剤の類である。

「先生もだいぶお疲れですか？」

哲郎が問えば、秋鹿はゆっくり首を左右にした。

「疲れていないと言えば嘘になりますが、それでも外科に比べれば良い方でしょう」

「中将先生は、HCUに付きっきりみたいですね」

「リオペかどうか、今夜中に判断すると言っていました」

コップの中の残りの水を一息に飲み干した秋鹿は、民家やマンションの灯りが浮かぶ窓外に目を向けた。

「どうですか、マチ先生。ちょっと院外レクリエーションにでも行きませんか？」

唐突な言葉であった。

「どうやら僕も少し気晴らしをしたい気分でして、軽く一杯程度でも、お付き合いいただければありがたいのですが」

院内レクリエーションならしばしば同席してきたが、秋鹿が院外へ誘ってくるのはそうあることではない。

「先生からそういうお誘いは珍しいですね」

「もちろん、龍之介君しだいです。保護者の帰りが遅くなっても良いのかどうか」

「その点なら大丈夫だと思いますよ。毎回早く帰って来すぎるのを心配してくれているくらいですから」

笑って哲郎は立ち上がった。


病院を出ると東山の上に月が出ていた。

中秋の名月はとうに過ぎている。日中はいまだ夏の領分だが、日が暮れれば風や月や山の端《は》に、かすかな季節の変化が漂い始める時分である。月見だんごを食べていなかったな、と妙な感慨を覚える哲郎を連れて、秋鹿は先に立って歩き出していた。

多くの車の行き交う四条通を北へ渡って、入り組んだ路地に入り込んでいく。

京都の道は碁盤の目と言われるが、綺麗に区切った大通りの間には、縦横に道が走り、さらにその中に地図にも載らない無名の通路が無数に刻まれている。

秋鹿は、哲郎も知らない細い路地を器用に選んで歩いていく。

曲がりくねった石畳の小道から、腕を広げれば両側の塀に手が届くような狭い路地もある。民家の敷地かと思うような生垣の間を抜け、どこかの寺の境内を渡り、たまに大通りに出たかと思うと、板塀に埋まった厨子《ずし》の脇を抜けて、街灯もない道を歩いていく。頭上を見上げれば細長く切り取られた夜空を斜めに区切る電線と、白い月が見えるばかりだ。

そうして辿り着いた先は、原色のネオンや怪しげな立て看板の並ぶ細長い通りであった。

『Ｂａｒ　インベーダー』

昭和の雰囲気を漂わせた色褪《あ》せた看板の脇に、地下へと続く薄暗い階段がある。哲郎ひとりであれば絶対に足を踏み入れない不気味な空間に、秋鹿は気後れする様子もなく下りて行った。

地下の木戸の奥に広がる空間も、独特であった。

全体的にダウンライトな世界に淡く紫がかった光が滲《にじ》んでいる。正面にバーテンダーの立つカウンターがあり、右手には低めの四角いテーブル席がいくつか並んでいるが、左手は広々としており、壁には派手な電飾に彩られたダーツボードが見える。

月曜日の夜ということもあって客はほとんどいない。ちょうど若いカップルが一組、ダーツを楽しんでいるくらいだ。

カウンター近くの四角いテーブルに向かい合って座ったところで、哲郎は破顔した。

「店の名がインベーダーの理由がわかりました」

のっぺりとしたテーブルの中央にはモニターが埋め込まれており、そこに「スペースインベーダー」のロゴが点滅している。よく見れば、テーブルの両サイドに、黒いレバーと赤いボタンがついている。机そのものが、昭和の一時期、日本中を席巻したといわれる古いゲーム機なのだ。

「インベーダーゲームの筐体《きょうたい》ですよね」

「さすがマチ先生、『筐体』なんて言葉をご存知ですか」

「一応、中学時代にはゲーセンに足を運んだ時期がありました。しかしテーブル筐体で、まだ動くやつがあるんですね」

「フロアの四台とも現役だそうです」

促されて室内を見回すと、四つのテーブル席のすべてがゲーム機であり、どれも画面が淡く光っている。

「あっちにはギャラガやゼビウスもあります」

細かい話になると哲郎にもわからない。わからないなりに、秋鹿の微妙に熱のこもった話しぶりが面白い。

「淳ちゃん、今日は二人連れ？」

そんな声とともに店の主人らしき女性が歩み寄ってきた。

「どうも、カレンさん。いつもお世話様です」

カレンさんと呼ばれた女性は、白のワイシャツに黒ベストと蝶ネクタイをそろえ、フォーマルなバーテンダーの装いだ。ファッションモデルのように背が高く、腰の位置も高い。白と黒のモノクロなユニフォームに対して、ベリーショートの真っ赤な髪と、同じくらい真っ赤な口紅が印象的だ。

「珍しいやん、淳ちゃんがお友だち連れてくるなんて」

「僕が日々お世話になっている先生でしてねぇ。おもてなしです」

「素敵」と片目を閉じる女性に、哲郎は慌てて会釈する。

「淳ちゃんはいつもの？」

「はい、ズブロッカをショットで。マチ先生はどうします？」

どうします、と問われてもにわかに答えは出てこない。大学時代にはバーやクラブに足を運んだことがないでもないが、暗がりでアルコールを飲むよりは、古寺の境内で団子を味わう方が落ち着くのが哲郎である。

「何か好みある？」

「マチ先生は大の甘党です」

カレンの問いに、答えたのは秋鹿だ。

「甘党ね。練り切りと抹茶ってわけにはいかへんけど、適当に任せてもらおうかな」

さらりと告げて去って行った。

そうしている間にも秋鹿は財布からコインを取り出し、筐体の脇に投入した。テーブルの中の画面が切り替わり、乾いた電子音によるゲームミュージックが流れ出す。

「すいませんねぇ。一ゲームはやらないと落ち着かないんです」

どうぞ、と笑いながら哲郎は店内を見渡した。

「それにしても、こんな場所があったんですね。京都にはもう五、六年住んでいますが、未だに色々驚かされます」

「この町は、広いというより深いのです。とても深い……」

秋鹿の眼鏡のレンズが、画面で光るゲームのロゴを受けて青く明滅している。やがて、行儀よく整列したインベーダーが現れて、ゲームが始まった。

「この古い町の表層には、様々な歴史ある建物が残されていますが、それらは客人をもてなすために陳列された、いわば骨董品です。骨董が悪いわけではありませんが、生活が骨董に埋もれてしまえば、それは生きた町ではなく、博物館になります。むしろ古い物が骨董にならず、今も日常の中で生きているから、この町は面白いのだと思うのですよ」

秋鹿は、患者の病状を説明するような、いつもの口調で語っている。その手がレバーとボタンを動かすたびに、画面上では、小さなビーム砲が軽快に左右にスライドして、接近してくるインベーダーを的確に撃ち落としていく。

「だから表層を歩いているだけではなかなかこの町の本当の姿には出会いません。あちこちに隠れている入り口を見つけて、深層に分け入って行かなければいけない」

「入り口ですか」

「観光案内書には書かれていない入り口ですよ。そういう秘密の入り口を見つけて、深い所へ降りていく。そうすると、なぜこの古い町が今も生き生きとしているかが見えてくる」

カレンが戻って来て、卵ほどの大きさのショットグラスを卓上に置いた。見るからによく冷えたグラスが、照明とモニターの光を受けて妖しく輝いている。

「新しいものと古いものが、ごちゃごちゃに入り混じりながら、独自のカクテルとして、斬新な味わいをもたらしてくれている。そういう土地です」

なるほど、と哲郎は笑う。

昭和のインベーダーゲームの上に、ショットグラスが置かれている様は、まさにその象徴であろう。しかもグラスからは、ほのかにハーブの香りがする。時代も国籍も混交としている。

秋鹿が、画面上のインベーダーを一掃し、最初のステージをクリアしたところで、今度はグラスの縁にライムの飾られた涼しげなカクテルが届いた。

「淳ちゃんが飲んでるズブロッカを、リンゴジュースで割ったシャルロッカ」

そう言ったカレンは、グラスの横に小皿を一つ並べた。皿の上には黒光りする直方体が二つ載っている。

「こっちはサービス、この前お客さんがお土産にくれた『夜の梅』」

「とらやじゃないですか」

思わず哲郎は声に出していた。

とらやの羊羹は、哲郎が東京にいた頃からの大好物のひとつだ。言わずと知れた和菓子の名店だが、もともと京都創業の老舗である。

「ウォッカと和菓子って結構マッチするんよ。淳ちゃんがお友だち連れてくるなんて珍しいから特別ね」

そっとささやいてまたカウンターに戻って行った。

「愛されていますね、秋鹿先生」

「愛ですか。少し違いますねぇ。彼女がくれるのは愛ではありません。勇気です」

不思議な言葉とともに秋鹿がショットグラスを持ち上げた。哲郎もグラスをとって、乾杯と応じた。

一口飲んで戸惑うのは、ウォッカというわりには、口当たりがまろやかで、爽やかなハーブの香りが鼻に抜けていくからだ。りんごジュースの風味が加わって、驚くほど飲みやすい。

ふいにカウンターの向こうで笑い声が聞こえたのは、ダーツを楽しんでいるカップルであろう。

「よく来るんですか？」

「毎週です。そして今のように難しい患者がいるときは毎日」

すでに秋鹿は、次のステージに繰り出している。

カチカチとボタンを押すたびに、インベーダーが砕け散っていく。動いている敵が、止まって見えるかのように撃ち落とされていく。

「医者という仕事は、僕には荷が重すぎるんです。しかしほかにできることもないから、こんなことを続けている。なけなしの勇気はすぐに枯渇してしまいますから、役立たずの臆病者にならないように、ここに来て、たびたび勇気を分けてもらっているんです」

ぽつぽつと、まるで独り言のように秋鹿は続ける。

その背後にあるものに、哲郎は安易に踏み込もうとは思わない。

この不可思議な精神科医の人生は、おそらく哲郎の想像できる範疇《はんちゅう》を超えている。今はただ、この奇妙な地下基地でのひと時を楽しむばかりだ。

二つ目のステージを難なくクリアして、秋鹿はショットグラスをくるりと傾けた。いかにも高純度のアルコールをひと息に飲み干して、カウンターに向けてもう一杯と合図している。

「生きてさえいれば、いずれいいことがある。よくそんな言葉を耳にします」

秋鹿の抑揚のない声が続く。

その目は卓上のモニターから離れていない。

「もちろん大多数の人にとっては事実かもしれません。けれどもそうでない人も確かにいるのです」

「そうでない人……?」

「生きていることそのものが地獄のような人々。たとえば、寝たきりの母親の介護に疲れ切って心中を図った老いた息子。夫の家庭内暴力に怯えながら生活をする妻。毎日のように親から性暴力を受けている少女……」

淡々とした口調で、異様な世界が描写されていた。

哲郎は画面を見つめたまま、動かなかった。

カチカチと秋鹿がボタンを押す音が響く。

そのたびに、一体ずつインベーダーが消えていく。

カレンが戻って来て、二杯目のショットグラスを筐体の隅に置いた。

「以前にいた職場で、僕は狂気の瀬戸際に立つ人々をたくさん見てきました。いえ、実際に狂気に呑まれた人も目にしました。もう死んでもいいんだよ、そう言ってあげたくなるような人々です」

「……信じられない世界です」

「信じる必要もない世界です、多くの人々にとってはね。毎日をただ懸命に生きている人が、生きることが地獄だと感じている人の世界を理解する必要はないし、もとより無理な話でしょう。健康な若者に、癌患者の苦しみや恐怖を理解できないことと同じです。狂気も死も、普通の人々にとっては縁のない世界だ。けれども……」

画面の端で、最後まで生き残っていたインベーダーが砕け散った。

「医師はそうではない」

再び、ステージクリアの文字が画面上に浮かび上がった。

その合間に、秋鹿は手を伸ばしてまたショットグラスを傾ける。アルコールを水のように流し込んで、またゲームに戻っていく。

その独特なリズムに誘い込まれるように哲郎もグラスを傾け、菓子楊枝を手に取って小皿の羊羹を切り取った。光沢のある和菓子をひと切れ口に運べば、しっとりと舌の上に吸い付くようだ。カレンの言った通りである。軽すぎず、重すぎない。そんな小倉羊羹の豊かな甘みと、ウォッカの癖のある香りが絶妙である。

「私は狂気の果てを見て、そこから逃げ出してきた人間です。それなのに逃げ出した先では、あなたのような医師が、淡々と死と向き合っている。狂気も死も、人間という存在が成立するぎりぎりの外縁に漂う宇宙ですよ。迂闊《うかつ》に近づけば、戻って来れなくなる。いや、戻って来る意味さえ見失います。勇気はいくらあっても足りません」

アルコールの影響もあるだろう。

いつになく滔々《とうとう》と語りながらも、秋鹿のビーム砲は、ますます精度を増していく。インベーダーを撃破し、敵の弾をかいくぐり、気まぐれのように現れる青いUFOも逃さない。

哲郎はそれを眺めながら、シャルロッカを傾け、とらやの羊羹を口に運ぶ。

秋鹿が精神科から内科に移った理由について、なにか過酷な出来事があったと哲郎は耳に挟んだことがある。複数の人間が命を落とすような何かがあったと鍋島が言葉を濁したことがあるが、詳しいことは知らない。聞いてみようとも思わないし、聞く資格があるとも思わない。

聞かない以上は、語るしかない。

「私はむしろ」と哲郎は静かに口を開いた。

「もっと死について知りたいと思っているのかもしれません」

哲郎の言葉とともに、縦横無尽に活躍していた秋鹿のビーム砲が、突然敵の直撃弾を受けて四散した。

秋鹿は、わずかに肩をすぼめたが、顔は上げない。そのまま何事もなかったようにゲームを再開する。

哲郎もまた画面を見つめたままだ。

「患者さんを看取るたびに思うんです。彼らが何を見ていたのか、もっと知りたいと。もっと死について見えてくれば、最期の時間が近づいた患者に、自信をもって声をかけ、安心させてやれるのではないか。『怖がらなくてもいいんだ』と」

「あなたという人は……」

秋鹿のつぶやきは、再び背後から聞こえた歓声によって遮られた。壁のダーツボードが、なにやら派手な電子音とともにピカピカと点滅している。

秋鹿は、変わらずレバーを動かしながら告げた。

「先生はまことの勇者ですな。本気で存在の外縁にまで足を運ぼうとしている」

「そんな大げさなものではありません」

「いやいや、ドラゴンクエストの歴代主人公だって、あなたほど勇敢であったかは疑わしい。しかし気をつけてください。存在の外縁で道に迷えば、本当に戻って来れなくなる。教祖になるか狂人になるか、首をくるくるかのどれかですよ」

「大丈夫だと思います。先生だってちゃんと帰って来ているんですから」

「僕が帰って来た?」

「先生がとても優しいのは、狂気の果てを見てきたからでしょう。今日だって、あんなに遅くまで病棟を歩いていた。私なんかよりずっと勇気のある本物の勇者ですよ」

再びビーム砲が爆散した。

今度こそ秋鹿は画面から顔を上げ、目を丸くして哲郎を見返していた。

いつも超然たる空気をまとっている元精神科医の、珍しい表情だ。鼻の頭からずり落ちかけた眼鏡を直そうともしていない。

秋鹿は、なお数秒絶句していたが、やがて相好《そうごう》を崩し、声を上げて笑い出した。

「先生を僕の安定剤だと言ったのは訂正しなければいけませんねぇ。まったくもってこれはとんだ劇薬です」

秋鹿はユーモアの一種と受け取ったようだが、しかし哲郎はいたって真剣だ。

秋鹿は、普段は他人に無関心な様子で仕事をしているが、実際は驚くほど周りをよく見ている。慎重に患者を見守ることはもちろん、中将を案じ、哲郎に配慮し、周りの人々の心境をさりげなく点検しながら、気を配っている。ひとりぼっちで医局に座っていた龍之介を、誰よりも心配して遊び相手になってくれたのも、秋鹿であったのだ。

それができるのは、秋鹿自身が狂気の果てまで行ってきたからということになるのかもしれない。

哲郎はなんとなく腹の底が温かくなるような心地を覚えて、残りのシャルロッカを飲み干した。

「おかわりする？」

ふいに降ってきた声は、カレンのものであった。

秋鹿がすぐにもう一杯と告げて、哲郎もそれに倣った。

ショットグラスを回収しつつ、カレンが哲郎の耳元でささやいた。

「淳ちゃんがこんなに楽しそうなん、久しぶりに見たわ。ありがと」

「私の方がカレンさんにお礼を言わないといけません。ウォッカととらやの相性は抜群でした」

哲郎の言葉に、カレンは再びウインクを投げてカウンターに戻って行った。今時そういう所作が様になる女性というのも珍しいかもしれない。

机の向こうに目を向けると秋鹿が、次のコインを財布から出している。

「もう一ゲーム良いですか？」

問いかける秋鹿の目は、ほどよく酒気を帯びて柔らいでいる。

哲郎もまた、グラスを片手にうなずきかえした。

ダウンライトの店内がふいに活気に満ち始めたのは、新たに数人の客が入って来たからだ。陽気な喧噪《けんそう》に身をゆだねるように、哲郎は目を閉じていた。

その日の夜、中将の患者は無事手術を回避した。徐々に経過は改善し、一週間後に退院にこぎつけている。

自殺をはかった秋鹿の患者の方は、苦痛を軽減するためにゆっくりと麻薬を増量し、約二週間の経過で息を引き取ることとなった。安楽死が認められないこの国では、それでも過酷な二週間となったが、最期は家族に見守られた静かな旅立ちであった。


九月末の火曜日、午前9時30分京都発の、のぞみ218号のグリーンシートに身を沈めて、花垣は大きく息を吐いていた。

残暑は少しずつ遠ざかり始めているが、紅葉というにはまだ早い。ただ、気の早い旅行者が動きだし、人の往来も増えてくる時期だ。

平日朝の新幹線ホームは、出張らしきサラリーマンの姿が多いが、ホームの隅に整列している修学旅行らしき集団が見えるのは、京都という土地柄であろう。年齢も職種も目的も様々な人が入り乱れて、ずいぶんな賑わいだ。

「平日というのに、結構な人出ですなぁ」

その声は隣の席で、スーツケースを網棚にあげていた葛城のものである。

花垣は、窓の外から目を動かさない。

葛城も何も言わず、隣の席に腰を下ろした。

やがて車内アナウンスが響いて、新幹線は微《かす》かな反動とともに動き出していた。

今日が、花垣のアメリカへの出発日であった。関西国際空港からの出発のつもりだったが、乗継便の都合で成田まで新幹線で出ることにしたのである。

複数の医局員が渡米する予定だが、皆それぞれに仕事を抱えているから、出発のタイミングは一緒ではない。基本的にボストン現地集合だ。花垣もひとりで出発するつもりであったが、唐突に編集者の葛城が同道を願い出たのである。

〝取材で海外旅行だなんて、葛城さんもお偉いさんになったってことかい?〟

電話越しで、皮肉半分に花垣が問えば、葛城は律儀に、ボストン行きに合わせて休暇を取得したということを報告した。

〝年を重ねると色々と融通は利くようになりましてね。久しぶりに私もアメリカに渡りたくなりました。もちろん密着取材をさせてもらいますが、社費で太平洋を横断するのは角が立ちますから、今回は自腹です〟

〝つまり仕事というより趣味に近いってわけだ〟

〝趣味というのは正確ではありませんな。私は先生のファンだと、いつも言っている通りですよ〟

諧謔《かいぎゃく》や韜晦《とうかい》といった調子は微塵もない。つかみ所がないと言ってしまえばそれまでだが、軟体動物のように得体が知れないのではなく、葛城がしっかりと背骨が通った人物であることを花垣は知っている。まだ駆け出しの医師のころから、この編集者は、つかず離れずの距離を保ちつつ、ときに細やかな便宜を図ってきてくれた。浮薄な興味や好奇心だけで、できることではないであろう。

ゆえに花垣は悠々と応じた。

〝自腹でも来る価値はあると思いますよ。日常診療じゃ出会うことのない、特別なショータイムが見れますから〟

〝楽しみにしています〟

かくして編集者の同行が決まったのである。

その葛城が、動き出した車内で口を開いた。

「珍しいですな、花垣先生。あまりお静かだと、落ち込んでいるように見えますよ」

「落ち込んでいる？」

振り返った花垣が見たものは、葛城の微笑であった。

「あの先生が来なかったことで、よほど落ち込んでいるのかと思います」

「冗談」

花垣は大げさに両手を広げ、おどけて見せた。「あの先生」が誰であるか、いちいちはぐらかすほど花垣も無粋ではない。

「だいたい葛城さんだって、最初から奴は来ないと思っていたでしょう」

「まあそうですな。私は先斗町で一度お会いしただけですが、アメリカに来る雄町《おまち》先生の姿はちと想像しにくい」

「なぜだい？」

「雑誌のデスクがその質問に答えるには、もう少し取材が必要ですな。花垣先生こそ、口で言うほど期待していたわけではないでしょう？」

問いかけには答えず、花垣はまた窓外に目を向けた。

巨大な鉄骨でアーチが組まれた京都駅を滑り出た新幹線は、徐々に加速し、東山に向かって疾走を始めている。

「まあ期待がまったくなかったわけじゃないがね……」

つぶやく花垣の脳裏に、数日前の哲郎との電話が思い出されていた。

〝今からでも飛行機の席くらい用意するぞ、マチ〟

花垣のそんな言葉に、哲郎は穏やかに笑うばかりであった。その態度が、哲郎の揺るがない心持ちを代弁していた。

〝留守は私が引き受けますよ。気兼ねなく行ってきてください〟

〝気兼ねがないように、わざわざ天吹を残していくんだよ〟

苦みを含んで花垣は応じた。

〝こうなるんだったら、お前さんに留守番役を押し付けて、天吹を連れて行ってやれば良かったぜ〟

〝名案だと言いたいところですが、飛良泉《ひらいずみ》教授にばれたら大変です。花垣さんの出世の道が止まりますよ〟

〝その程度じゃ止まらんさ〟

そんな会話に大した意味はない。

花垣にとって大事なことは、このもっとも信頼を置く後輩が、動かなかったということだけだ。

「まああいつは昔から人間に興味を持ちすぎる傾向があったからな」

葛城が軽く眉を動かす。

「人間？」

「最先端をやろうとすれば、どっかで技術バカにならなきゃならん。患者やその家族の気持ちなんか忘れて、目の前の癌細胞と死ぬ気で対峙しなけりゃならないときがある。しかしあいつはどうかすると人間に目を向けようとするんだ」

「医者としては大事なことですな」

「ただの医者としてはな」

花垣の舌鋒は鋭い。

相手が哲郎であればこそ、遠慮はない。

医療は無論、人間中心である。

『病気を診るのではない。人間を診るのだ』とは医学部教育で繰り返し提示されるスローガンだ。

しかし、と花垣は思う。

しかし人間中心を掲げている限りは、どうしても到達できない領域がある。新しい技術を切り開くために、患者の不安や家族の動揺などをすべて切り捨てて、数値やグラフや、ウイルスや癌細胞と、死に物狂いで向き合わなければならないときがある。そうやって多くの先人たちが、未知の森を鋼の斧で切り開いてきた結果として、今の医学がある。

対峙するのは未知だけではない。ときには人間性の聖山に隧道《ずいどう》を穿《うが》ち、倫理の峡谷も渡ってきたからこそ、胃癌や大腸癌を切り取ることができるのである。

「知ってるかい、葛城さん。世の中の医者ってのは、心の中に二種類の人格を抱えているんだ」

「上等と、下等ですか？」

「そういう発想は嫌いじゃないが、ここでは違うな。科学者と哲学者という二種類だ」

なるほど、と葛城は腕を組んだ。

「どんな医者でもこの二つの領域を行ったり来たりしながら働いている。人によって比重は違うし、大半が凡庸な中道派だがね。ちなみに俺のように科学の方向に振り切れるとアメリカまで行って内視鏡を振り回すようになる」

「すると雄町先生は哲学の方向に振り切れましたか」

「それが違うから厄介なのさ」

葛城は興味深そうに、顎鬚《あごひげ》を撫でる。

「哲学の方向に振りきれた医者は、現場じゃ使い物にならない。せいぜい教会でお祈りをするか、現場から遠くはなれた書斎で小説でも書いているだろうさ。マチが尋常じゃないのは、一流の科学者でありながら、哲学者としても凡庸でない点だ。そういう医者を俺は見たことがない」

葛城は、黒鬚に手を添えたまま、隣席の准教授を眺めやった。

端的に言って、絶賛ということになるだろう。雄町哲郎という医者について、もっと踏み込んでみたいという興味が湧きおこると同時に、葛城の洞察力は、目の前の准教授の器の大きさも正確に捉えていた。

高い地位にあり、実績もある人物が、他者に対して、しかも後輩に対して、こういう賛辞を送ることができるという事実が、花垣の懐の広さを示している。

「率直に言って、あいつの視野は俺より広い。だから二人で働いていた時は、マチが大学を率いてくれれば、俺はいらなくなるんじゃないかと本気で思っていた。もう少しすれば、俺は郊外の野戦病院の院長でも目指して、あいつに教授になってもらえばいいってな」

「しかし、三年前、雄町先生は突然退局せざるを得なくなった……」

「あいつが妹を亡くしたあの時でさえ、俺は二、三年も医局を支えていれば、マチが戻って来ると思っていた。だがどうやら、そういうわけには行きそうにない」

「ご家族を亡くして、いろいろ考えるようになったということですかね？」

「考えたんじゃない、見たんだろうさ」

「見た？」

葛城は、花垣の言葉を反芻《はんすう》する。

「あいつは多分、妹を看取ったときに、世界の裏側を見ちまったんだよ。幼い子供を抱えた母親が子供を置いて死ななきゃならないような、理不尽きわまりない世界の成り立ちをな」

葛城が眉を寄せる先で、花垣はじっと窓外を見つめ続けている。

その目は車窓を前方から後方へと飛び過ぎていく民家に向けられているが、実際に見ているのは、はるかな思い出の領域だ。

「いつかあいつが言っていたことだ。世界には、慈悲も慈愛も存在しない。努力も忍耐も役に立たない。無数の歯車ががっちり組み合って、延々と果てしなく回り続けているような冷たい空間が広がっているだけだと」

「それはまた……恐ろしい世界ですな」

つぶやきながら葛城が、また顎鬚を撫でた。

「あいつは周りが思っているよりは、ずいぶんな厭世家《えんせいか》だよ」

「しかしそんな風に世界を見ているにしては、雄町先生には妙な温かさがある。世界観と人間像があまり一致しませんな。なぜでしょう？」

「そいつは俺が聞きたいくらいだ」

シートから身を起こした花垣は、足元の鞄に手を伸ばしてごそごそとやり始めた。

「俺の取材が終わったら、今度はぜひあいつのところに足を運んでほしいね。哲学科出身の葛城さんなら、ややこしい内視鏡の解説に付き合うより、ずっと刺激的な時間が過ごせるだろうさ」

耳を傾けながら、葛城は大きくうなずいていた。

やはり花垣という人物は面白いと思う。能力、気概、視野、哲学、あらゆる領域において特異なものを持っている。だからこそ自分は彼に強く惹かれ、その歩みを眺めていたいと思うのだ。そして花垣のそばにいれば、雄町哲郎というあの不思議な人物についても、いずれ見えてくるものがあるのだと、葛城の直感は教えてくれているのである。

足元から体を起こした花垣が、急にさっぱりとした口調で告げた。

「まあ、難しい話はこれくらいにしておくか」

その手には、二本の缶ビールが握られている。

「どうだい、葛城さん。ボストンライブ成功の前祝いに」

「いいですね、先生。なにせ片道二十時間以上ありますからな」

「その長い旅に付き合うんだから、葛城さんも物好きだよ」

「いえ、誰にでもついていくわけではありません。先ほども言ったように、先生のファンだからですよ」

「よく言うぜ」と笑った花垣がぷしゅっと音を立ててビールを開栓し、すぐに二人は「乾杯」とこれを打ち合わせた。

一口飲んだ葛城は自分のセカンドバッグから数冊の書籍を引き出して、テーブルの上に積み上げた。花垣が「おいおい」と笑ったのは、そこにカントやスピノザの名を見留めたからだ。

「マチを取材するための、予習かい？」

「いえ、甘酸っぱい青春の思い出を振り返るだけです」

花垣は鼻で笑って、またビールに口をつけた。

新幹線は山科の山塊《さんかい》を抜け、近江に入ろうとしていた。


「今ごろ、新幹線の中ですかね、花垣先生」

土田の声に、哲郎は電子カルテから顔を上げて、窓の外に目を向けていた。

外来の駐車場は、だいぶ混みあい始めた時間だ。頭上に広がる空はよく晴れている。

「そうか、今日が出発日だったか」

そんな哲郎の声に、土田が拍子抜けしたような顔をする。

「いいんですか、行ってらっしゃいのメールとか入れなくて……」

「余計な気遣いだと思いますよ。せっかく窮屈な大学を出たところなんです。きっと新幹線の座席で、のびのびとビールでも飲んでいるでしょう」

「そうですか。しかしすごいですよね、このあとアメリカで内視鏡やるなんて、なんだかこっちが緊張してきますよ。しかもそんなすごい先生が、ちょくちょくここへ足を運んでくるなんて……」

土田の率直な感慨に、哲郎は微笑しただけだ。

実際、周りが思う以上に、花垣には巨大なプレッシャーがかかっているはずである。

臨床、研究から若い医師たちの指導、教育など、多彩な責務を負いながら、海外にも足を運ぶ。そこから生じる重圧は尋常なものではない。けれども緊張感やプレッシャーのもとでは能力が倍増するのが、花垣という人物の凄まじさなのである。

ただでさえ精密で迅速な花垣の内視鏡は、患者の血圧が崩れたりバイタルが不安定な状況では、さらに上の段階に移行する。その瞬間を、哲郎は何度も目にしてきた。きっと世界中のドクターが集まるライブともなれば、その腕前は正確無比なものになるに違いない。哲郎がいないことで、処置に影響が生じるような人物ではないのである。

それでも、と哲郎の胸に感傷がなくはない。

二人で処置に挑めば、それは達成感をもたらすだけでなく、愉快な時間にもなるだろう。

かつて大学で困難な処置を終えたあと、二人で市中の居酒屋や料亭に繰り出したことが、懐かしい景色とともに思い出されてくる。

「やっぱり行きたかったんじゃないですか?」

哲郎の思いに気付いたわけでもないだろうが、土田がそんなことを口にした。

哲郎は頭の後ろで手を組んで、ゆったりと椅子の背に身を預けた。

「そりゃ、行きたかったですね。外来も病棟も往診も投げ出していいんなら、今からでも出かけていきます」

「そうは行きませんよ。今日の外来もいっぱいです。認知症の井筒さん、糖尿病の菊山さん、高血圧の鳥居さんもいますし、辻さんも入ってます」

「また濃いメンバーだ……」

土田が予約表を読み上げていくだけで、哲郎はあからさまに疲れた顔をする。

外来の大変さは人数だけの問題ではない。患者のキャラクターによって、必要な時間は大きく左右される。

認知症の井筒照美は高齢の婦人だが、とにかく話が長い。席を立ち上がりかけても、何度も座り直して世間話を繰り広げる。付き添う娘がいつも強引に手を引いて、ようやく診察室を出ていくことになる。

糖尿病の菊山は、銀行を定年退職した男性で、無口で頑固な上こだわりも強く、待ち時間が長いといきなり怒りだすこともある。

鳥居は血圧の薬を増やすことに抵抗が強いし、辻については言うまでもない。

「午後までかかりそうですね、今日の外来は」

「なんとかしますよ。今日は火曜日ですから、午後の大腸カメラは、南先生に少しお願いすることもできます」

「何言ってるんですか、今日は南先生、来ませんよ」

え？　と哲郎は椅子から身を起こす。

「先週言っていたじゃないですか。花垣先生のほかにも、何人もアメリカに行くから大学の人手が足りなくなるって。今週は休みです」

あぁ、と哲郎は天井を振り仰いだ。

昼までがんばれば、働き者の後輩が来てくれるものだと思い込んでいたのだ。

「いつのまにか、だいぶ南先生を頼りにしていませんか？」

「そりゃそうです。彼女は頭がいいし、内視鏡の筋もいい。おまけに患者さんの評判だって悪くない」

「そして、南先生が来る日はなんとなくマチ先生も楽しそうですもんね」

土田の声に、哲郎は軽く首をかしげる。

「そうですか？」

「そうですよ」

「そうかもしれませんね」

あっさり認める哲郎に、土田も思わず笑った。

「さて、あんまり外来の進みが遅いとさっそく菊山さんに怒られかねない。再開しましょう」

「了解です」

土田が予約表をもって受付の方に消えていく。

哲郎はもう一度青い空を見上げた。

最先端の医療の世界は、誰も踏み込んでいない未知の領域を切り開いていく驚きと発見に溢れた道だ。顧みて、今哲郎が向き合っている世界には、発見も驚きもないかと言えば、そんなことはない。ここにも、最先端と同じくらい、多くの医療者が踏み込んでいない未知の領域があるのだと思う。むしろ医療の二字にとどまらない広大で果てのない人間の領域だ。

そこに道を切り開きたいと言えば、いささか傲慢にすぎるだろうか。

自問して哲郎は苦笑した。

理屈の複雑さは、思想の脆弱さの裏返しでしかない。突き詰めれば「生きる」とは、思索することではなく行動することなのである。

哲郎は座ったまま大きくひとつ伸びをして、それから電子カルテに視線を戻した。

「じゃ、次の患者さんを入れてください」

いつもより少しだけ腹に力を込めてそう告げた。

第四話　秋

糺《ただす》の森。

京都の北郊に、その名でよばれる豊かな原生林がある。

森がある高野川と賀茂川の交わるデルタ地帯は、人里離れた山奥ではなく、民家の立ち並ぶ住宅街だ。そのただ中に、古代の面影を残す自然林が残っているというのは、きわめて稀有な例であろう。

糺の森は、下鴨神社の社叢林《しゃそうりん》であって、敷地の中央には南北を貫く参道が整備されている。森の規模は相当なものであるから、白砂の敷き詰められた参道に入れば、たちまち俗界の雑音が途切れ、点在する赤い鳥居をくぐるたびに、風の音、鳥の声、川のせせらぎが耳を打つ。

散策する人の数は少なくないはずだが、広大な敷地故に、祭りでもない限り人混みの感はない。ときおりカメラをもった老夫婦や、ジョギングをする男性、犬の散歩の婦人が行き交うくらいだ。まれに樹々の彼方を、緋《ひ》の色が胡蝶のように舞っていくのは、聖域を祓《はら》う巫女《みこ》の足取りであろう。

「マチ先生、とってもいい天気ですね」

参道の先を行く龍之介が、くるりと振り返って右手を上げた。

午前の澄んだ陽光が、木の間を抜けて白砂を照らしている。その上で伸び伸びと手を振る甥の姿に、哲郎は思わず目を細めた。

日曜日の朝である。

日直でもない日であったから、哲郎は龍之介を誘って散歩に出てきたのだ。三条大橋から鴨川河畔を北上し、下鴨神社でお参りをして戻って来る。片道三キロ程度のコースは、哲郎にとってちょっとした運動のつもりだったが、中学一年生の甥にとっては、準備運動にさえならならしい。活力を持て余している。

暦は秋分も越えて十月に入ったが、市中には頑強に残暑が居座っている。それでも鴨川沿いにはいくらかの風があり、糺の森に入れば涼がある。哲郎は参道の木陰に入って汗を拭き、ようやく人心地がついたところであった。

「私はゆっくり歩くから、少し走ってきてもいいよ、龍之介」

哲郎の声に、軽く右手を上げた龍之介は、まばらな人影の見える参道を、勢いよく駆けだした。木々の下を走って行く龍之介の姿が、神事の流鏑馬《やぶさめ》を彷彿とさせるのは、境内の空気というものかもしれない。

哲郎は足を止めて頭上を見上げた。

糺の森は、一言で称するなら、明るい森である。

一見鬱蒼《うっそう》と樹々の生い茂っている森だが、頭上には思いのほかに空が見え、豊かな木漏れ日が降って来る。

普通、社叢林といえば針葉樹林であるから、暗緑色に鎮まる樹下は、総体に薄暗い。それ自体が荘厳な空気を演出するから、むしろ神社には好んで針葉樹が植えられるものだが、糺の森は神社が森を作ったのではなく、神と森とが手を携えて歩んできた土地である。植生はヒトが選択したものではなく、古代から続くケヤキやムクノキ、エノキといった広葉樹が多い。広葉樹林は、風も光もよく通す。荘厳というよりは明澄《めいちょう》の感がある。

この森が、哲郎は好きであった。

京都に来たばかりの頃は時々ひとりで足を運んだものだが、龍之介という連れ合いを得てからは、一層訪れる機会が多くなっている。

頭上から参道に視線を戻したところで、駆け戻ってきた龍之介の声が届いた。

「最近、病院は大丈夫なんですか、マチ先生」

「なんだい、唐突に」

「だって、呼び出しの電話が減ってる気がします。今日だって、のんびりここまで来れましたし」

龍之介は百メートルばかり走って戻って来たのに、汗ひとつかいていない。

「心配しなくても、クビになったわけじゃないよ。この時期は暑さも緩むから、すこし患者も減るんだ」

言いつつ哲郎は、粉雪のように降って来る木漏れ日の下を歩き出した。

お盆の頃には、矢野きくえの急変に、辻の緊急内視鏡が加わり、黒木の大往生まで重なった日もあった。その後は、そこまで過酷な一日はなかったものの、しばしば帰宅が遅くなっていたが、ここ数日は静かな毎日が続いている。

心配していた辻は、退院後もきっちりと外来には通院し、内服薬も飲んでいる。哲郎としては、食道静脈瘤が三たび破裂しないように追加の治療で確実に固めてしまいたいところだが、そこまで欲張ってはいけないのかもしれない。

往診の今川は、膵癌の経過としては思いのほかに穏やかで、息子に見守られながら、ときには庭先まで足を運ぶこともあるらしい。今少し暦を数えれば、あの庭で見事な紅葉を迎えられるであろう。

「花垣さんがいないから、一層平穏な気がするのかもしれないね」

哲郎の言葉に龍之介が笑った。

「今ごろアメリカでがんばっているんですよね」

「そうだな、セミナーは三日間の日程だって言っていた。たしか明日までだ」

「うまくいってるでしょうか？」

「お前が心配しなくても、花垣さんの腕前は微塵も揺るがないさ」

「でも、僕がいなければマチ先生だって、花垣先生と一緒にアメリカに……」

龍之介が最後まで言えなかったのは、哲郎が伸ばした手で龍之介の頭をくしゃくしゃに掻き回したからだ。

「あんまり大人を軽んじるもんじゃないぞ、龍之介」

手元から逃れた龍之介を見送りつつ、哲郎は参道を進んでいく。

一歩ごとに白砂を踏む清らかな音が、森に響く。

頭上で木々が揺れたのは、野鳥が舞い降りたからだろう。澄んだ囀《さえず》りが聞こえたが姿は見えず、ただ陽光だけが煌《きら》めいている。

悠久の時の中で、森と風と光と、森に住まう生き物たちが、倦《う》まずたゆまず繰り返してきた景色であろう。

「いい森だ……」

我知らず、哲郎はつぶやいていた。

「ここに来ると、色々と忘れかけていたことに気付くことができる」

「忘れかけていたこと?」

「人間は本当に小さな存在だってことだよ」

哲郎が足を止めたのは、脇の小道から、幼い子供の手を引いた母親が出てきたからだ。なんとかよちよち歩きをしている男の子は、手を引かれたまま不思議そうに首だけを哲郎と龍之介に向けて通り過ぎていく。

哲郎は小さく手を振って、また歩き出した。

「人間を偉大で特別な生き物だと考える思想家は、昔から世界中にいた。特に西洋の哲学史を見れば、人間が特別な存在だという考えは、吟味すらされない大前提だった。『万物の霊長』なんて言葉が、万能感の表れだろう。けれど、そういう歴史の中でも、まったく潮流の異なる思想もあってね」

「異なる思想？」

「人間はとても無力な生き物で、大きなこの世界の流れは最初から決まっていて、人間の意志では何も変えられないと言った思想家もいたんだ」

「意志では何も変えられないんですか？」

龍之介の戸惑いに、哲郎はうなずきながら問い返した。

「意志の力では何も変えられないと言われたら、お前はどう思う？」

「なんだか変だと思います。だいたい実感がわきません。僕みたいな中学生にだって、意志がありますし、自分で決めることはたくさんあります」

「その通りだね。自分の意志をしっかり持てとか、意志が弱い人間は周りに流されてしまうだなんて、当たり前のように耳にする言葉だ。けれど、現実にはどうしようもないことも沢山ある。たとえば……」

哲郎は軽く額に指を当てた。

「どんなに意志が強い人でも、幾何学平面上の三角形の内角の和を、200度にすることはできない」

突拍子もない話に龍之介は目を丸くする。

哲郎は笑いながら、

「意志の力で何かを変えるというのなら、そういうことまで考えるんだよ。揺るぎない意志の力があっても、世界から津波や地震をなくすことはできないし、患者の体内にできた膵臓癌を消し去ることだって不可能だ。我々にできることは、せいぜい襲い掛かる津波から走って逃げることや、どこまで効くかもわからない抗がん剤を点滴することだけれど、それさえ、うまくいかないのが現実だろう。そうやって突き詰めていけば、人間が自分の意志でできることなんて、ほとんどないことに気が付く。つまり人間は、世界という決められた枠組みの中で、ただ流木のように流されていく無力な存在というわけだ」

並んで歩く龍之介は、話についていくために、真剣に耳を傾けている。

耳を傾けつつも、素直にうなずけないのは、哲郎の話のあちこちに腑に落ちない部分があるからだ。しかしそれをうまく言語化できない。

「なんだか……納得しにくい話です」

「そりゃそうさ。私だって自分の言っていることを全部理解しているわけじゃない。けれども、そういうことを考え抜いた思想家がいたんだ」

龍之介がふと気づいたように顔を上げた。

「それがスピノザですか？」

哲郎は微笑を浮かべたまま、白砂の上に歩を進めていく。

「こんな希望のない宿命論みたいなものを提示しながら、スピノザの面白いところは、人間の努力というものを肯定した点にある。すべてが決まっているのなら、努力なんて意味がないはずなのに、彼は言うんだ。〝だからこそ〟努力が必要だと」

「難しいです……」

「難しいさ。けれど私は存外重要なことを言っているんじゃないかと思うんだ。人間にできることはほとんどない。それでも努力をしなさいってね」

龍之介は顔をしかめながら、哲郎を見上げる。

「それって、とても辛い話じゃないですか」

「そうかい、私は、希望に溢れた論理展開だと感じるんだよ。何でもできるって万能感を抱えながら、無限に走らされる方がずっと過酷さ。そういう意味では花垣さんは、本当に厳しい道を歩んでいるってことになるね」

参道の先に、人混みが見えてきた。

黒の礼服を着た男性や、和洋それぞれに着飾った女性たちが見えるのは、結婚式の集まりであろう。人々がカメラを向けている先に、背の高い黒の羽織袴と、眩いほど真っ白な角隠しが見える。

哲郎は足を止めて、婚礼の一団を眺めやった。

人の出会いもまたそうであろう。意志の力で、より良い人と巡り合えるというものではない。願えば叶うというのなら、これほどわかりやすい世界もないのである。

願ってもどうにもならないことが、世界には溢れている。意志や祈りや願いでは、世界は変えられない。そのことは、絶望なのではなく、希望なのである。

「綺麗ですね」

行列を見つめていた龍之介が思わずつぶやいた。

その背をぽんと叩いて、哲郎が告げた。

「花嫁に見とれてお参りを忘れていてはいけない。行こうか」

「お参りはもちろん行きますが、マチ先生の目当ては、そのあとの矢来餅《やきもち》でしょ？」

思わぬ反撃に、哲郎はわざとらしく花嫁行列に目を逸らした。

「いいかい龍之介。前にも言ったことだが、この世の中にはぜひ味わうべき三つの食べ物がある」

「矢来餅と阿闍梨餅と長五郎餅ですね」

「わかっているじゃないか。だから早々にお参りを済ませて、ゑびす屋に行くとしようか」

はい、と答えた龍之介が、再び白砂の上を駆けだした。

そこから先は参道が左右に広がり、木々が両脇に遠のいて燦々たる日差しが降り注いでいる。

輝く白砂の向こうに見えるのは、朱の鮮やかな楼門だ。

軽く額に手をかざした哲郎は、ふいにポケットの中でスマートフォンが鳴っていることに気が付いた。取り出してみれば、そこに見慣れぬ桁数の番号が並んでいる。

病院からの呼び出しではない。

国際電話であった。

日曜の昼間の医局に、緊迫した空気が満ちていた。

窓外は相変わらずの快晴で、往来も賑やかであったが、室内の空気は硬い。

哲郎は、目の前に並んだ二つのモニターを見つめていた。

症例プレゼンテーション用の高精細モニターには、CT、MRI、内視鏡などの画像が並んでいる。マウスを操作してそれらを表示しているのは、紺のジーンズに浅黄のブラウスという私服姿の南茉莉《まつり》である。

モニターから手元に視線を落とせば、そこには血液検査データの印刷された紙の束がある。一見して、危険な数値が並んでいた。

「閉塞性の重症胆管炎ですね。DIC（播種《はしゅ》性血管内凝固）の兆候が見えます」

哲郎が告げた相手は、横に座って真っすぐな目を向けている南ではない。右手に持ったスマートフォンの向こう側だ。

『やはりそうか。よりによってのタイミングだな……』

電話の相手はボストンの花垣である。

「普段、花垣さんが診ている患者ですか？」

『主治医は外科と小児科だ。肝移植後だからな。だがこれまで二度ほど胆管炎を起こして緊急ERCPをやっている。そのときは俺が対応した』

「この年齢で、もう二度もＥＲＣＰの経験者ですか」

哲郎がわずかに眉を寄せたのは、データ用紙の隅に「９歳、男性」の文字が見えるからだ。

「なかなか厄介な症例ですね」

『だからお前に電話した。どう思う？』

「迷う余地はありません。三度目の緊急ＥＲＣＰが必要です」

『俺も同じ判断だ』

花垣の重い声が届いた。

下鴨神社の哲郎に連絡を取ってきたのは、ほかでもないボストンにいる花垣であった。

〝すまないな、休日に〟

そんな最初の一言に、すでに切迫したものが滲んでいた。

社交辞令を省略して哲郎が用件を問えば、胆管炎患者に関して相談したいと言う。洛都大学附属病院に入院中の患者が、急性胆管炎を発症している。データと画像を見てほしい、という内容だ。

〝二時間ほど前に、天吹《あまぶき》が俺に連絡してきた症例だ〟

〝そのまま天吹君に任せるわけにはいかないのですか？〟

〝任せるつもりだ。任せるつもりだが、いろいろ問題のある症例だ〟

苦渋に満ちたその声に、哲郎はそれ以上、煩瑣《はんさ》な質問を重ねなかった。花垣がわざわざアメリカから電話してきたのである。並みの事態ではない。

どうすれば良いか、と問えば、

〝これから南に画像とデータを持って原田病院に向かわせる。評価してほしい〟

哲郎は二つ返事で了解したのである。

タクシーを拾って下鴨神社を出発し、途中四条通で龍之介をおろして原田病院に来れば、ほとんど同時に画像CDとデータを携えた南が到着した。医局のモニターに画像を呼び出して、再度花垣と電話を繋げたところであった。

『南に代われるか？』

花垣の声に、哲郎はスマートフォンをスピーカーに切り替えて卓上に置いた。

『南、マチにプレゼンしてくれ』

白い頬をわずかに上気させた南が、すぐに口を開いた。

「患者は九歳の男児。二年前に小児劇症型肝不全で生体肝移植となりました」

緊張のためであろう。かすかに震えを帯びた声が、医局に響いた。

肝移植直後の経過は良好であったが、その後、徐々に胆管狭窄《きょうさく》を起こし、二年間で二度の胆管炎を発症しているという。半日で敗血症に至るほどの重篤な経過もあったようだが、迅速な花垣のERCPで事なきを得ている。

「今回は二日前からの急な発熱で外科に入院していました。抗生剤で解熱しないことと、血液検査の悪化を認めたため、今朝、外科から消化器内科に紹介となったばかりです」

「過去のERCPの内容は？」

哲郎が短く問えば、南が手早くほかの資料を引っ張り出す。

「初回は狭窄部に対して、6ミリバルーンで6気圧、8気圧の二回拡張。二回目は8ミリバルーンを使用しています。いずれもノッチの完全な消失には至っていません」

消化器内科の中でもひときわ専門性の高い処置について、南は懸命にプレゼンテーションしていく。耳を傾けながら、哲郎は手早く過去の画像に目を通している。

一通りの画像を確認して、自然哲郎の口からため息がもれた。

「厄介ですね」

『何がだ？』

試すような問いは、普段の気さくな先輩の声ではない。内視鏡エキスパートの准教授の口調だ。重い威圧感を含んだその声に、しかし哲郎は変わらない。

「小児のＥＲＣＰで、しかもＤＩＣを起こしかけているというだけでも相当危険ですが、問題はそれ以前のものでしょう」

哲郎はモニターの画像に目を戻す。

「患者は右葉グラフトです。癒着を考慮すれば十二指腸に到達するだけでも、簡単ではありません。おまけにＥＲＣＰでは拡張時に二度とも結構な出血の画像がある。狭窄部に妙な静脈瘤でも作っているのだとすれば、ガイドワイヤーで突破するだけでも危険です。場合によっては大出血や胆管穿孔《せんこう》も起こりうる」

哲郎はモニターからスマートフォンに視線を動かした。

「よくこんな危険なＥＲＣＰを二度もやりましたね、花垣さん」

電話の向こうから深い吐息が聞こえた。

『お前に連絡した甲斐があったよ……』

花垣の口調がいくらかくだけた調子に戻っていた。

『大学医局を出たからと言って、耄碌《もうろく》してはいないようだな』

「どうですかね。まだほかに見落としがあるようなら、甘んじて批判を受けますが」

『ないね。完璧だ』

朗々と声が響いた。

南はほとんど戦慄するように肩を震わせていた。

二人の会話のレベルは、南の理解できる範疇を明らかに超えていた。患者の資料については十分に目を通したつもりだが、哲郎の指摘した内容の多くは、その意味さえわからない。哲郎の目は、尋常ならざる精度で多面的に患者のリスクを捉えている。しかも、わずか数分資料をさらっただけでその域に達しているのである。

達人と言うしかない。

ふいに、キシッと音がしたのは、すぐ後ろの椅子にいつのまにか中将が来て腰を下ろしたからだ。

中将は、南に軽く微笑を投げただけで、無言のまま卓上の資料に手を伸ばした。

この時間に白衣で院内にいたということは、今日の日直当番なのだろう。花垣と哲郎の会話には加わらず、ティーカップを片手に、すばやく資料に目を走らせている。

「いずれにしても、緊急ＥＲＣＰが必須ですね」

『そのつもりだ。ＥＲＣＰは午後二時からの予定で、すでに天吹が準備をしている』

哲郎は医局の時計に目を向けた。開始時間まで二時間弱だ。

『こいつを天吹に任せて、うまくやれると思うか？』

にわかに踏み込んだ問いが投げかけられた。

哲郎は軽く顎に指を添えた。

「術者は西島君じゃないんですね」

『当たり前だ。患者にとって重要なのは、医局の序列じゃない。内視鏡の腕前だ。外科も小児科も、それくらいは承知している』

切れ味のよい声が響く。

哲郎は内視鏡写真を見返しながら、

「七分三分……、いや、今の天吹なら八分二分で成功すると思いますよ」

『相変わらず厳しい奴だな。俺は九割は成功させると思っている』

口早に答えた花垣は、わずかに口調を重くして続けた。

『だが、それでも九割だ。一割は不成功の可能性がある』

「不成功なら外科的処置ですか？」

「外科的処置って言っても、できることは限られてるわね」

前触れなく中将が、口を挟んだ。

「この胆管だとＰＴＣＤ（経皮経肝胆道ドレナージ）だって、ＥＲＣＰに負けないくらい難しいわよ」

『中将先生か？　的確な指摘だ、俺もそう思う』

電話の向こうの花垣は冷静だ。

『つまりＥＲＣＰがうまくいかなければ、開腹も考慮しなければならないが、当然リスクは格段に跳ね上がる。場合によっては、そのまま敗血症で臨終もありうる』

南は思わず身を固くしていた。

「九歳の少年」と「臨終」という言葉は、どうやっても結びつかない。しかし、ここにいる医師たちは、まぎれもなくそういうレベルの話をしているのである。

花垣が口を閉ざすと同時に、室内に厳しい沈黙が舞い降りた。

哲郎は内視鏡写真に目を落としたまま動かない。中将は、まるで外科処置をイメージするようにうつむき加減で目を閉じている。

『成功率九割ってのは、俺にとって満足のいく数字じゃない。あらゆる手を尽くして、限りなく百パーセントに近づけたい』

花垣の声には、常にない祈るような響きがあった。

中将がそっと目を開けた。

「それってマチ君に内視鏡を握らせるってことですか？」

『それは違う。処置には責任が付随する。大学の難関処置を院外の医者が担当するわけにはいかない。だいたい、俺が抜けたくらいで処置が動かなくなるほど、大学の人材は薄くない』

「じゃあ、何をしてほしいと？」

『手は出さなくてもいい。だが天吹が万が一、手間取ったときに、アドバイスできる医者が現場にいて欲しい』

　思わぬ申し出に、さすがに哲郎と中将は顔を見合わせた。

『勝手な言い分だってのはわかっている。成功率は九割だ。おそらく天吹はなんとかするだろう。だが、あいつが俺なしでこれだけきつい症例を引き受けるのは初めてだ。手術は賭け事じゃない。患者の命が懸かっている。うまくいかなかったときに、ごめんなさいで済む話じゃない』

　わずかに言葉を切ってから、花垣は続けた。

『過酷な肝移植だって乗り切ってきた少年なんだ。こんなところで斃《たお》れて良いわけがない』

　その声には、実際に少年の歩みを見守ってきた一人の医師の、抑えようとして抑えきれない感情が滲み出ていた。

「こっそり待機していて何事もなければそれで良し。しかし、何かあれば口を挟むということですね」

『そうだ』

「口で解決できない事態なら、手を出してもいいんですか？」

『当然だ』

即答であった。

『狭窄胆管の突破は、お前の得意分野のひとつだ。お前のガイドワイヤーテクニックがずば抜けていることは、俺が一番よく知っている。必要と思う手段を講じてくれていい』

南が聞いたこともないような、絶大な信頼の言葉であった。その尋常ならざる重圧の中で、しかし言われた方の後輩は、浮薄な謙遜《けんそん》も、柔弱な動揺も見せなかった。ただ淡々と探るように問い返した。

「私は医局を出入り禁止になっている身ですよ。飛良泉《ひらいずみ》教授は了解しているわけじゃありませんよね？」

『そんな余裕はないさ。時間がないんだ』

「現場には西島君もいるでしょう。私が待機していることがバレただけでも、先生の立場は相当きついものになるかもしれません」

『そうだろうな』

「いいんですか？」

『構わん。さっきも言ったとおりだ。患者の救命率を一パーセントでも上げるために、俺はあらゆる手段を用いるつもりだ。俺の立場を天秤にかける必要は一切ない』

圧倒的な気迫に満ちた声であった。

再び訪れた沈黙の中で、哲郎は時計に目を向ける。

　手術開始まであと一時間半。

　哲郎は時計から手元の資料に目を落として、口を開いた。

「確かに、こんな大変な治療を乗り越えてきた子です。ここで斃れてはいけませんね」

『そうだ』

「いい子なんですか？」

　不思議な質問がこぼれ落ちた。

　わずかに間を置いて花垣は応じた。

『素直で気持ちの優しい子だ。料理が得意でね。この前は、手作りのシフォンケーキをプレゼントしてくれた。俺のことを、働き過ぎていないかって心配してくれていたよ。これだけひどい目に遭っているのに、自分の体のことじゃなくて、医者の体調を気にかけてくれるような少年だ』

　切れ者の准教授の声は、途中から父親のような響きを帯びていた。実際、何年も見守ってきた花垣にとっては、そういう形容も誇張ではないかもしれない。

　哲郎は手元を見つめたまま、ゆっくりとうなずいた。

「花垣さん。そちらはもう夜中でしょう。明日もライブですよね」

『そうだな。こっちは夜の十一時半だ。ライブは明日が最終日になる』

「じゃあ、ゆっくり休んで下さい。心配はいりません」

　哲郎は資料の束を机に戻して続けた。

「あとは私に任せてください」

場違いなほど落ち着いた声が響いた。南が目を向ければ、哲郎は普段と変わった様子もなく、優し気な目をスマートフォンに向けている。

隣に座る中将がそっと微笑んだ。

電話の向こうから、すぐには返事が来なかった。

わずかに間をおいて、

『頼んだぞ、相棒』

短い声と共に、電話は切れていた。


原田病院を南の車で出発すれば、大学までは二十分ほどの道のりだ。

その間、哲郎は助手席で椅子を倒し、頭の上に手を組んで目を閉じていた。傍目《はため》には、のんびりと昼寝をしているようにさえ見える。

「ありがとうございます、雄町《おまち》先生」

ハンドルを握る南は、思わずそんな言葉を口にしていた。

哲郎は目を閉じたままだ。

「南先生がお礼を言うような話でもないと思うけど」

「でも、ありがとうございます。それくらいしか言えなくて……」

「どういたしまして」

少しおどけた調子で言いながら、哲郎は窓の外をまぶしげに眺めやった。

これから大学病院の困難症例に立ち会いに行くところにはまったく見えない。自分の緊張が見当違いに感じるくらいだ。

そんな南を安心させるように、哲郎が続けた。

「大丈夫だよ、南先生」

「大丈夫？」

「〝俺の立場を天秤にかける必要は一切ない〟、あそこまでの地位を築きながら、そういうことが言えるのが花垣さんだ」

右手の拳を持ち上げて、左の掌にぽんと当てた。

「まだまだ偉くなってもらわなきゃ困るじゃないか」

午後の日差しに照らされた鴨川沿いには、点々とカップルが等間隔で座っている。それを眺める哲郎は、落ち着いているだけでなく楽し気にさえ見える。

南にも見えてくるものがあった。

花垣と哲郎はまったく違うタイプの医師だ。

性格も、進む道も、その道の歩み方も。けれども、二人が見ているものは同じなのではないかと思う。それが何かと問われれば簡単には答えられないが、同じ方向を向いているからこそ、強固な信頼感でつながっている。

川端通を北上すれば、やがて右手に巨大な白い建物が見えてきた。

哲郎が洛都大学附属病院の門をくぐるのは久しぶりであった。より正確に言えば、大学を退局してからまもなく三年だ。

「さて……」

哲郎のそんなつぶやきが南に聞こえた。

ERCPは内視鏡を用いた処置の中でも、もっとも特殊なものである。

大きな内視鏡室の中央に、内視鏡を握る処置医が立ち、補助のための複数の助手が周りを囲む。それだけでも結構な人数を要するが、この処置の特徴は、内視鏡室の外にも人手が必要だということだ。

内視鏡室の隣に、大きなガラス窓を挟んで透視室というエックス線装置の部屋が設置されている。そこからエックス線を出して胆管や膵管の位置を確認し、内視鏡医と連携する役割が必要なのである。

原田病院のような小さな病院では、哲郎のほか、数名の看護師が助手につき、エックス線装置は放射線技師が操作するが、大学の、しかも困難症例となれば話は違う。

小児のERCPまで想定した特別な内視鏡室には、内視鏡を持つ天吹のほか、全身麻酔をかける麻酔科医がおり、天吹を補助する若手の医師たちがいる。そこに看護師もいるから、患者を囲んで六、七人が立っていることになる。

隣の透視室でエックス線装置を動かすのは、講師の西島だが、その背後にも外科、麻酔科、小児科の医師たちが複数詰めている。

「大学ってもんだね……」

透視室の人だかりの後方に立って懐かしそうにつぶやく哲郎に、南がすかさず唇に人差し指をあてた。

処置にかかわる医師も看護師も皆、キャップにマスクをつけて目だけを出している。しかも複数の科にまたがる多数の人員がいるから、その中に同じ格好の哲郎が混じっても、人目を引くことはない。

ただ、緊張に満ちた室内で、哲郎の悠々とした佇まいが、南にはどうしても気にかかってしまう。しかし、そんな南の心配など気にした様子もなく、哲郎は当たり前のように医師たちの間にまぎれ、ガラス窓の向こうの内視鏡室が見える位置まで入り込んでいた。

「天吹君、準備はどうだ？」

マイクを握って告げたのは、透視装置の操作レバーを握った西島だ。

痩せて頰骨の出た西島は、ガラス窓の向こうの内視鏡室に神経質そうな目を向けている。もともと愛想がなく目が鋭いために不必要に冷たい印象を与える人物だが、今は緊張もあいまって顔色も青白い。西島も医局の講師を務める優秀な医師だが、実績の多くは研究面であって臨床ではない。ゆえに花垣不在の今、内視鏡を握るのは西島ではなく天吹なのである。

『こちらは大丈夫です』

天吹の声がスピーカー越しに届いた。

透視室からは天吹の背中しか見えないが、なかなか堂々とした貫禄がある。長身の天吹は、そうして立っているとどことなく花垣に似ているように見えて、哲郎は思わず微笑していた。

「それにしてもすごいメンバーだね」

哲郎が、傍らの南にささやいた。

「西島君の後ろに座っているのは、外科の准教授の旦《だん》先生だろう。小児科だって講師の篠峯《しのみね》さんが来てるし、麻酔は若手ホープの七田《しちだ》君じゃないか」

どの医師たちも、数年前まで大学で働いていた哲郎にとっては少なからず面識のある人物だ。旦は肝移植チームを率いる辣腕《らつわん》のチーフであり、女性医師の篠峯は、哲郎と同年代で小児の消化器分野を取り仕切っており、慎重で粘り強い診療には定評がある。ガラス窓の向こうに立つ七田は、高齢者から子供まで自在に麻酔をかけられる少壮気鋭の麻酔科医である。要するに一流のメンバーといって良い。

患者は肝移植後、時々のトラブルがあるとはいえ、元気に過ごしてきた少年だ。医師たちが威信をかけて回復を目指していることが伝わってくる。

いや、と哲郎は目を細めた。

こういう空気を作ってきたのが花垣という人物であろう。

大学という場所は、各科同士の壁が高く、なかなか相互の交流が進みにくい。そういった中で、科の壁を越え、人を育て、つながりを構築してきた花垣の足跡が、今の処置につながっているということだ。

『麻酔、導入します』

麻酔科の七田の声を合図に、処置がスタートした。

数分で麻酔がかかり、バイタルサインが安定していることが確認されると、天吹の内視鏡が速やかに動き出した。

内視鏡画面が大きく揺れて、すぐに九歳の少年の食道が映し出される。

『血圧、呼吸、安定しています』

モニターを見ていた看護師の声が届いた。

「いい動きだ……」

透視室でつぶやいたのは、外科准教授の旦であった。

天吹の動かす内視鏡が、最初の難関である胃を難なく突破して十二指腸にたどり着いたのだ。

「右葉グラフトなのにたいしたものだ。さすが花垣先生の弟子だね」

旦の声に、西島が黙って首を縦に振る。

「次は胆管確保だぞ」

言わずもがなの西島の指示に、ガラスの向こうの天吹は落ち着いた様子だ。

十二指腸につながっている胆管はわずか数ミリの管である。成人であっても数ミリであるから九歳となればなお細い。その細い管に、２ミリ程度のカテーテルを挿入しなければいけない。

しかも狙うべき胆管口は、呼吸と脈拍の影響でつねに動いている。

助手の若い医師がカテーテルを差し出し、天吹が右手で受け取った。

内視鏡画面に細いカテーテルが現れ、胆管口に近づいて行く。

数分の静寂ののち、透視室にざわめきが広がった。安堵と賞賛を含んだざわめきだ。天吹のカテーテルが、的確に胆管を捕らえたのである。

「すごいですね、天吹先生」

思わず小さな声をあげた南に、哲郎もうなずく。

「異論はないね。花垣さんの期待どおりだ」

答えつつも、哲郎はモニターから目を離さない。

この症例の本当に難しい関門はこの先にあることを哲郎は知っている。むしろここからが本番だと言っていい。

実際、胆管の中に入ったガイドワイヤーは、その先にある狭窄部を突破できず、くるくると胆管内で空回りを続けることになった。

五分、十分……。

張りつめた時間が過ぎていくなかで、天吹はガイドワイヤーを変更し、角度をかえ、様々に調整するが、事態は好転しない。胆管の詰まった部分を突破できないのだ。

再び起きたざわめきは、先刻とはずいぶん質の異なるものであった。

モニターに映る胆管口から唐突に鮮血が溢れてきたのだ。

「出血か……」

舌打ちした西島が、軽く腰を浮かせていた。

『バイタルは安定』

麻酔科医の七田が淡々と告げた。

その間にも画面はみるみる赤く染まっていく。ガイドワイヤーが血管を傷つけたのだ。

「輸血の準備をしますか？」

西島の隣にいた別の内科医が小さく問うた。西島は正面から目を離さず、わずかに間をおいてから小さくうなずいた。内科医はすぐに部屋を出て行く。

外科の旦は太い腕を組んだまま無言だが、周りには、焦りと動揺が波紋となって広がっていく。

「それなりの出血量じゃないのか……」

「静脈でしょうか、動脈でしょうか……」

「血圧はどうか？」

指示と確認とかすかな私語が交錯する中、モニターを凝視する西島の額には、いつのまにか小さな汗が浮かんでいる。

「狭窄部の突破は厳しいか……、天吹君……」

『もう少し、時間をください』

答える天吹のキャップにも、汗が滲んでいるのが遠目にも見える。

ふいに甲高いアラームが響いたのは、患者の脈拍が上昇し始めたからだ。七田が『大丈夫です』と告げたが、周りの看護師たちが微妙に浮足立つ様子が見える。

壁際の椅子に座っていた小児科の篠峯が、旦の方にそっと椅子を動かしていた。

「PTCDへの切り替えもありでしょうか?」

篠峯の声に、旦は答えない。

「困難な処置とはわかりますが、次の手はあった方が良いと思います」

篠峯の物怖じしない指摘に、旦は一度目を閉じてから、すぐ傍らの若い外科医に視線を向けた。それだけで察したように外科医が踵《きびす》を返して出て行く。穿刺《せんし》処置の準備を始めるということだ。

一連の遣り取りは、モニターを睨みつけている西島にも伝わっている。だが画期的な解決法があるわけではない。状況が変わらないままさらに五分が過ぎたとき、西島がマイクに向かって告げた。

「膵炎のリスクが高い、一端カテーテルを抜こう、天吹君」

『しかし……』

「諦めたとは言っていない。もう一度、こちらで画像を確認する。そのまま待機だ」

西島は額の汗を軽くぬぐって、外科の旦を振り返った。

――いい判断だ、西島君……。

哲郎は心の中で声をかけていた。

ＥＲＣＰは短時間で終わらせることが大事な処置だが、時には立ち止まることも肝要だ。闇雲に進んで片が付く処置ではない。

内視鏡室で天吹たちがいったん動きを止める中、隣の透視室では、西島と旦が中心となって画像の再検討が始まった。前回の花垣が処置をしたときの写真を確認し、なぜ同じように突破できないのか、道具の工夫に何が必要か、ほかに手はないのか……。

時間が限られている中での、最大限のカンファレンスに、周りの医師たちも顔を突き合わせている。

焦燥、苛立ち、動揺、不安……、そういった暗い感情が、じわじわと足元に湧き出し、ぬかるみとなって医師たちの足を搦《から》め取ろうとしている。

そんな中で、哲郎だけは議論の輪から距離を置き、さりげなく内視鏡室の方に歩き出していた。南だけが気が付いて慌てて呼び止めようとしたが、哲郎は軽く右手を上げただけで内視鏡室に入って行った。

ふらりと内視鏡室に入ってきた人影に最初に気付いたのは、麻酔科の七田であろう。

七田は、軽く眉を寄せたが、わずかに間を置いてから急に大きく目を見開いた。

そんな七田の反応に、哲郎は軽く会釈しただけだ。そのまま、天吹のすぐ後ろに立っていた第一助手の肩に手を置いた。まだ若い医師であるから哲郎と面識がない。実際、その医師は見慣れない人物に戸惑いを見せたが、哲郎の静かな視線に何かを感じたように、自然と場所をゆずって、後ろに下がっていた。

傍目には、緊張に疲れた第一助手が別の医師に交代しただけに見えただろう。実際透視室にいる医師たちは誰も注意を向けていない。いや、小児科の篠峯だけが何かに気付いたように、ガラス越しにこちらを見ていた。

哲郎は天吹のすぐ背後に立って口を開いた。

「緑寿庵の金平糖はなかなかうまかったよ、天吹」

場違いな言葉と聞き慣れた声。

首を少しだけ巡らせた天吹は、そこにかつての上司を見つけて息を呑んでいた。

「処置中だ、モニターから目を離すものじゃない」

諭すような声に、天吹は慌てて正面に向き直る。

「マチ先生……？」

「天吹の助手に立つのもずいぶん久しぶりだ。懐かしいね」

呆気にとられている天吹に対して、哲郎の方は落ち着いたものだ。そばの処置台に手を伸ばし、品定めをするようにひとつひとつカテーテルやガイドワイヤーを確認している。

「俺……疲れていますか？　見間違いじゃないですよね……」

「間違いじゃないよ」

「なんで……」

「理由はいい。今は目の前の患者だ」

穏やかでありながら、揺るぎない返答であった。

天吹はすぐに気持ちを切り替えるように、息を吐いた。

「うまくいきません。無理をせず、撤退すべきでしょうか？」

「それは違う」

返答は怜悧《れいり》で、かつ簡潔だ。

「この患者には後がない。確かに処置は引き際が肝心だが、今は、引くべきタイミングじゃない」

「しかし、出血が止まりません」

「出血なんて、ステントを入れれば止まるさ。ようは狭窄部を突破できるかどうかだ」

「でもどうやって……。内視鏡の視野さえ確保が難しくなっています」

「そうかな？　右ひねり15度」

ふいの指示に、天吹はほとんど反射的に内視鏡を動かしていた。

「右アングルを左へ15度緩めながら、2センチ内視鏡を押し込んで、わずかにアップアングル」

淡々とした声に従って天吹が内視鏡を動かすと、血液で真っ赤に染まっていた視野が明らかにクリアになっていく。

天吹はもとより、見守っていた周りのスタッフたちも魔法でも見るようにモニターを凝視している。

「血液が流れる方向を意識して、それをかわすように距離を取りながら正面視すればいい。小柄な患者だ、アングル操作は普段の半分にしぼれ」

言葉は簡単だが、イメージも操作も容易ではない。容易でないことが、具体的な指示によって実現できている。患者の臓器の位置関係を三次元で完全に把握していて、しかも内視鏡の挙動を完璧にイメージできているからこそ出せる指示だ。

「どうだい？　このまま撤退すれば、救命率は下がる。もう少しがんばってみる価値があるとは思わないか？」

天吹は声もなくうなずいた。

見回せば、あれほど浮足立っていた内視鏡室の空気が落ち着きを取り戻していた。哲郎と面識のない若い医師や看護師たちも、何かが変わったことを肌で感じたようであった。

哲郎は、患者の頭側に立っている七田に目を向けた。

「あと十五分ばかり、時間をもらえるかな？」

「ご心配なく」

答える七田には、どこか嬉しそうな様子がある。

「この子を救命できるのなら、三十分でも、一時間でも」

聞きたいことは山ほどあるはずなのに、必要最低限の言葉だけで応じるのは、さすが気鋭の麻酔科医である。

「出血量も今のところは大丈夫だと思いますよ」

小さな声が、今度は背後から聞こえた。

いつのまにか小児科の篠峯が、内視鏡室の入り口に立っていた。ちらりと哲郎は透視室に目を向けたが西島たちは今も真剣に議論を交わしている最中だ。篠峯はそっと議論の輪を抜けてきたらしい。

「前回の花垣先生のＥＲＣＰでも、これくらいは出血していましたから」

「貴重な助言、心強いですね」

肩越しに顧みる哲郎に、女性医師は明るい瞳を懐かしそうに細めた。

「見間違いじゃなさそうですね」

「見間違いということにしておいてください、今日だけは」

篠峯が微笑んだところで、ふいにスピーカーから西島の声が降って来た。

『なんとかなりそうなのか、天吹君』

血まみれだった内視鏡画面がクリアになったことに、西島が気づいたからだ。西島を囲んでいた医師たちも、一斉にガラス越しに注目している。

『さっきよりずいぶん視野が良くなっている。立て直せるのか？』

「立て直せるよ」

哲郎が、天吹の耳元にささやいた。

「言ってやれ。『俺を誰だと思ってる。天才花垣の一番弟子だ』ってさ」

涼しい顔から飛び出して来る思わぬ台詞に、そばにいた看護師が目を丸くしている。七田は笑いをこらえるようにうつむいた。

天吹はモニターを睨みつけたまま大声で応じる。

「大丈夫です。もう一度だけチャンスをください、西島先生」

『なんとかなるのか？』

「なります。なんとかします！」

宣言するように声を張り上げて、天吹が内視鏡を握り直した。

七田は麻酔装置に向き直った。

助手の医師も看護師も配置につき、哲郎の指示に耳を澄ませていた。

――いい緊張感だ。

哲郎は心の中で、ゆっくりと一度深呼吸をした。

準備が整った内視鏡室は、凪《な》いだように静まっていた。

危機感に圧迫された息の詰まるような静寂ではない。厄介な敵を迎え撃ち、これから反撃しようとするときの高揚感を抑えた静寂だ。

――こういう時は、必ずうまくいく。

それは理窟ではなく直感にすぎない。しかし無数の修羅場を潜り抜けてきた者だけが持つ、確信にも似た直感だ。

あとはただ、前に向かって進めばよい。

哲郎は静かに口を開いた。

「やれるかい、天吹」

「いけます、マチ先生」

額に滲む汗をそのままに、天吹はマスクの下で唇を嚙み締めたようであった。

哲郎はガイドワイヤーを手に取り、視線を室内に巡らせて告げた。

「それじゃ、みんな、始めようか」

止まっていた時間が、再び動き出した。


大学医局という組織の最大の特徴は、その強固なヒエラルキーにあると言って良いだろう。教授、准教授、講師、助教から、医員、研修医、大学院生へと連なる身分制度は、一見、一般企業に見られる様々な肩書きを塗り替えただけに見えるだろうが、そうではない。

この制度は、医師というだけですでに一定以上の影響力を有している人々の行動を明確に制限し、彼らを統率するための巧妙な統治システムを成立させている。要するに、ヒエラルキーがもたらす権力の差は、一般企業よりはるかに大きい。頂点に立つ教授の持つ力は、中世専制国家の国王さながらに巨大なもので、中世と異なることがあるとすれば、下克上が成立しないということくらいだろう。一度、教授になってしまえば、どれほど傑出した部下も警戒すべき競争相手にはなり得ない。教授が恐れる唯一無二の天敵は「定年」の二字に尽きるのである。

かかる制度は、洛都大学においても例外ではない。

教授はもとより、准教授や講師の地位も、医員や研修医たちからしてみれば、雲の上の存在である。

ましてや消化器内科に入局してまだ三年目の南茉莉にとってはなおさらで、入局以来、南は、教授室や准教授室はもちろん、講師室にも足を踏み入れたことは一度もない。

ゆえに月曜日の夜、突然西島から講師室に来るように指示されたことは、南にとって戸惑い以外の何ものでもなかった。

「原田病院の研修を中止ですか？」

それほど広くはない講師室に、南のよく通る声が響いていた。

南自身は、極力感情を抑えたつもりであったが、十分とは言えなかったようで、当惑と驚きが思いのほかにはっきりと滲み出ていた。

「決定ではない、あくまで提案だよ。南先生」

西島は、むしろ南に気圧されたように、視線をさりげなく窓外に泳がせた。

時刻は夜七時を回っているからすでに外は暗い。

消化器内科の講師は、西島のほか、肝臓専門医の楯野がいる。よって講師室には二つの机が置かれているが、楯野はすでに帰宅して、西島と南がいるだけだ。

「原田病院に行くことが、何か問題なのでしょうか？」

南の問いに、西島は「いや」と遮るように答えた。

「問題というわけではないがね。わざわざ先生のように将来を嘱望《しょくぼう》された若い医師が行くような病院かと思ったわけだ」

語調に抑揚はなく、目線は冷ややかである。

ただ、格別不機嫌というわけではない。悪意があるわけでもない。もともと険のある顔立ちをしている上に、愛想や社交性といったものがないため、不必要に威圧的に見えるだけだということを、南は知っている。

「もちろんこの研修は花垣先生が決めたことだから、私が独断でどうこうできるものではないが、あんな小さな病院で学べることなど知れているだろう。私は君の将来を気にかけているんだよ」

南はようやく胸を撫でおろしていた。

南がもっとも心配していたのは、哲郎が大学に来た一件を知られたのではないかということだった。天吹のＥＲＣＰに哲郎が加わったのは、つい昨日の日曜日で、あれから一晩が過ぎただけである。現場にいたスタッフたちには、処置が終わったあとに、天吹がこっそりと口止めをしている。現場で大きな信頼感を勝ち得ている天吹の言葉は効果的だろうが、噂というものは、完全に封じ切れるものでもない。見つかってしまえば、哲郎はもとより花垣の立場も厳しいものになるはずだ。しかしどうやら西島の用件はそれとは関係がないらしい。

南の脳裏に、昨日の景色が鮮やかに浮かび上がる。

胆管出血で浮足立つ医療現場。

ふらりと内視鏡室に入って行った哲郎。

ふいに空気が変わった直後の、静寂と高揚。

再び動き出した内視鏡処置は、そのあとわずか十五分ほどで終了した。助手の哲郎が操るガイドワイヤーは狭窄部を突破し、ステント留置に成功したのである。処置が終わった直後、多くの医師たちが天吹に拍手を送る中で、哲郎はするりと抜け出して帰って行った。キャップを目深にかぶったその人物について、注意を払った者は数えるほどしかいない。

すべてが夢か魔法のようだったといえば、あまりに稚拙な表現になってしまう。けれども本当に南の目にはそんな風に見えたのだ。

ちなみに、九歳の少年は、その後、熱も下がって今日の午後から食事も始まっている。経過は良好であった。

思わず知らず陶然としてしまう南の耳に、西島の淡々とした声が届いた。

「君のように若い医師は、ひとつひとつの症例を深く徹底して学ばなければいけない。原田病院でそれができるとは思わないのだよ。たいして大きな処置もない老人病院だろう」

最後の方は、ほとんど殺伐とした口調で西島が言う。

南は、喉元にのぼってきた不快の念を強引に飲み込みながら、慎重に言葉を選び出した。

「でもあそこにいる雄町先生は、本当に色々なことを指導してくださいます」

「その雄町先生だよ、問題は」

西島が語調を強めた。

「医局長という責任ある立場でありながら、いきなり退局していった先生だ。学びに行くというのは医局としても体裁がある」

持っていたペン先で机をとんとんと叩きながら、

「大学には雄町先生より立派な先生は何人もいる。花垣先生だけではない。天吹君だって、あの難しい小児のＥＲＣＰを見事にクリアした。君も昨日見たじゃないか。大学にはああいう困難な症例に、しっかりと対処できる優れた医師がいる。雄町先生の手に負えるような症例ではないんだよ」

どう答えたらいいのだろうかと、南は心の中に湧き上がる色々な感情と葛藤していた。

困惑、安堵、滑稽、不満、懸念……。

矛盾するさまざまな感覚が入り乱れて、収拾がついていない。

いずれにしてもここで意趣返しに真相を明かすほど南も子供ではない。

「とにかく、今週末には花垣先生も帰って来る。原田病院の件は私からも相談してみるつもりだ。これも南さんの将来を考えてのことだよ」

いつのまにか「南先生」が「南さん」になっていた。

「まあ、この件はまた今度でいい」

西島がいくらか語調を柔らかくして続けた。

「それより、先日の話の返事をまだ聞いていないなくてね……」

西島の鋭い視線が、急に力を失って宙を彷徨《さまよ》っていた。

あ、と南が胸の内でつぶやいているうちに西島が続けた。

「つまり、なんだ、一緒に食事にでも行かないか、と言った件だが……」

本気で言っていたんだと南は唖然としていた。

確かに、そういう誘いを聞いた覚えはある。

西島は雰囲気こそ怜悧《れいり》で近づきがたいが、研究者としては間違いなく有能で、後輩の面倒見も悪いわけではない。学会に行くときなどはわざわざ南に声をかけてくれたこともあった。そういうタイミングで食事の話も出たことがあったが、単なる社交辞令だと思っていたのである。

「あの、私なんかが先生と食事なんて……」

「返事は急がなくていい」

南の拒絶しようとする声を封じるように、西島が続けた。

「また考えておいてくれると嬉しい」

そんな言葉をうわの空で聞きながら、南は冷や汗とともに講師室をあとにしていた。


「大丈夫か、南」

自分の机に戻って来た南を、天吹が待ち構えていた。

医局員たちは、ひとつの部屋に七、八人が机を並べているが、南の机のある部屋に天吹の机もある。夜七時を回っているが、ほかにもスライドを作っていたり、机に突っ伏して寝ている者もいる。

天吹の机は窓際で、手元には山のように論文が積み上げられていた。

「なんか顔色悪くないか、南」

「……そうですか？」

「西島先生に呼ばれてたんだよな。昨日のＥＲＣＰの件じゃないよな？」

天吹も心配していたのだろう。

南は窓際に歩み寄って小声で応じた。

「そっちは大丈夫です」

「そりゃよかった。しかし元気ないな。西島先生にデートにでも誘われたか？」

天吹は冗談のつもりのようであったが、凍りつく南を見て、そのまま頬を引きつらせていた。

わずかの沈黙を置いてから、天吹は小さく息を吐き出した。

「やっぱりそうなのか……」

「やっぱりって……、天吹先生は何か知っていたんですか？」

「知ってるとかそんなんじゃないさ。見てりゃなんとなくわかるよ。西島先生がお前を気に入ってることとくらい」

絶句する南に、天吹の方が呆れ顔だ。

「なんにも気付いてなかったのか？　学会とか論文とか、いろいろ面倒見てくれてたじゃないか」

「だってそんなの、みんな同じじゃないですか」

「同じじゃないいんだよなぁ。別にほかの医者の指導と差をつけているとは思わないけどさ。それでもなんとなく違うんだよ」

「なんとなくって……」

容易に返す言葉が出てこない。出てこない以上、強引に話を進めるしかない。

「今日の用事だって、原田病院の研修をやめたらどうかということだけでした。ただそのあとに食事にでもって言われただけです」

「で、OKしたの？」

「しません！」

「なんで？」

「なんでってなんですか？」

わけのわからない問答になっている。

近くの席で参考書の上に突っ伏して寝ていた医員が、南の声で目を覚ましたようで、あくびとともに上半身を起こして伸びをした。南はすぐに声音を落として続ける。

「だって、講師の西島先生ですよ」

「つまり地位も名誉もある三十代なかば、独身の医者ってわけだ。世の中的には結構な優良物件だと思うぜ」

南は呆然とするばかりだ。

まあ、と天吹は軽く首を傾けながら、

「若干、目つきが悪くて、愛想がなくて、俺みたいな健気な後輩に競争心剝《む》き出しで辛く当たるような歪んだところはあるけど、悪人じゃない」

「全然褒めてませんよね」

眉を寄せる南に、天吹も笑う。

「さすがに無理か」

「無理とか無理じゃないとかの問題じゃないと思います。偉い先生と軽々しく食事とか、私みたいな不器用な人間には難しいっていうだけです」

「そんなこと言ってるけど、俺とメシに行ったことだってあるだろ？」

「そりゃ、天吹先生とはいつも一緒に仕事していて身近ですから」

「身近ねぇ……」

ふーん、と一呼吸置いた天吹が、やがて意味ありげに笑った。

「じゃあ、マチ先生にメシに誘われたらどうする？」

思わぬ質問に、南は言葉を失っていた。そういう反応をしている自分の在り方が、二重に衝撃であった。

天吹はにやにやしながら、

「西島先生と同じように、あっさり断る？」

「それは……」

「週に一回原田に行っているだけだから、身近ってわけじゃないよなぁ」

「なんでここにマチ先生が出てくるんですか？」

南は懸命に抵抗するが、天吹の笑みは変わらない。

完全に掌の上だ。

「ま、西島先生がお前の原田病院行きをやめさせたいのは、そのあたりのことも気にしてるからってことだと思うぜ。しかもその様子じゃ、あながち的外れな心配ってわけでもないわけだ。いまだに対抗心を燃やされるマチ先生の方こそいい迷惑だろうになぁ」

みるみる頬が赤くなってくる後輩を見て、天吹の方は手元の論文を手に取り、これ見よがしにぱたぱたと扇いでやる。

「どっちにしても、南が気にすることじゃない。原田に行きたいなら行きたいって言い続ければいい。俺にとってマチ先生の存在はとても大事だが、お前にとっても原田病院は大事な場所なんだろう」

「私は別に何も……」

「深読みするなよ。お前は、原田病院に行くようになってから、少し雰囲気が変わった気がするんだ。医者として、なんというかな、少し丸くなった」

「丸く、ですか？」

「そうさ、以前はとにかく内視鏡の技術を身につけることばかりに必死になっていたが、なんとなく少し肩の力が抜けて遠くを見るようになった気がする。俺の気のせいかもしれないけどな」

身近な先輩からの意外な評価に、南は返す言葉を持たない。

天吹はカレンダーに目を向けた。

「とりあえず明日は火曜日だ。原田に行ったら、昨日の件、俺が心から感謝していたって伝えておいてくれ」

「行ってきてもいいんですか？　まだ花垣先生は帰ってきていませんが……」

「何人かの医局員が今日の夜には帰国してくる。明日の仕事は大丈夫さ。できれば俺が直接行ってお礼を言いたいくらいだ」

そこまで言って、天吹はふいに感慨深げな目をした。

「それにしても、すごかったよな」

実感のこもった呟《つぶや》きだった。

たちまち南の胸の内にも、いくつもの情景が駆け抜けていく。

沈黙する天吹の横で、南もまた、鮮烈な記憶の波に身を委ねていた。


原田病院の医局に、珍しく賑やかな声が行き交っていた。

火曜日の昼休み時である。

普段は秋鹿が黙ってテレビゲームをしているか、中将が気だるそうに紅茶を飲んでいるくらいの時間であるが、ちょうど外来を終えて医局にあがってきた哲郎は、中将の華やかな声に迎えられることになった。

「いったい、何をやらかしたのよ、マチ君」

何を？　と問うより先に、視界に入ってきたものに、哲郎も目を見張った。

医局中央の大きな机の上に、色とりどりのたくさんの菓子箱が並んでいたのだ。

そばに立っていた秋鹿が、ひとつひとつを手に取って告げる。

「こちらの白い箱は亀屋友永の『小丸松露《しょうろ》』、これはパティスリー菓欒《カラン》の『西賀茂チーズ』、村上開新堂の『マドレーヌ』が二箱に、緑寿庵清水の季節限定『焼栗の金平糖』……」

いずれ劣らぬ京都の銘菓が、熨斗紙《のしがみ》つきで並んでいる。

中将は、秋鹿が店の名と商品名を口にするたびに目を輝かせている。

「なんですか、これは？」

「全部マチ君宛で届いたお菓子。すごいラインナップよ」

「私宛？」

「朝から順番に届いたんだって。送り主が全部大学の関係だから、院長がやばい症例に手を出したのかって心配してたわよ」

「やばいことはしていません。しかし緑寿庵が後輩の天吹だというのはわかるんですが、ほかはいったい……」

「亀屋友永の小丸松露は、洛都大学麻酔科の七田とありますねえ」

のどかな声で読み上げたのは、向かい側で菓子箱を吟味していた秋鹿だ。中将が横から覗き込んで、歓声をあげている。小さな白い箱に、餡を糖蜜衣でくるんだ見た目も愛らしい和菓子が行儀よく並んでいる。

「いいじゃない。麻酔科の七田先生？　これ、すっごい手の込んだお菓子よ」

「パティスリー菓欒は小児科で、開新堂は外科ですか……」

「なによ、マチ君。助言に行くだけのはずだったのに、すごい収穫。大学に殴り込みでもかけてきたの？」

「怖い事言わないでください」

たじろぐ哲郎に、しかし中将はすっかり上機嫌だ。

「贈り物に西賀茂チーズなんて、最高のセンス。小児科って言ったっけ？」

「多分、講師の篠峯先生でしょうね」

「オッケー、私はこれにするわ。くちどけ最高のチーズケーキよ。賞味期限だって数日しかないし、簡単には手に入らないんだから」

「では僕はマドレーヌをいただきます。開新堂はたしか池波正太郎の御用達だったはずですねえ」

外科医と内科医が勝手なことを言いあっている。

そんな中に「よろしくお願いします」と入って来たのは、南であった。

「あら、お疲れ、茉莉ちゃん。今日からこっち復帰？」

中将は、同じ女性医師の南を何かと気にかけ、可愛がっている。ゆえに「南先生」はいつのまにか「茉莉ちゃん」になっている。

「アメリカに行っていた先生たちが、何人か帰ってきているので、行ってきてもいいって言われました。どうしたんですか、これ?」

素っ頓狂な声は、もちろん卓上の菓子の群れを見たためだ。

「みんな大学のエライ先生たちからの賄賂《わいろ》」

「賄賂?」

「マチ君の活躍の成果なんじゃないの?　現場で見てきたんでしょ、茉莉ちゃん」

「見てきました。すごい光景を見てきました」

南は中将に向けて、身を乗り出す。

「本当にすごかったんです。ERCPがうまくいかなくて、みんな慌ててるところに、雄町先生がこっそり入っていったんですが……」

「思い出話はあとでいいのよ」

高まる声を、中将があっさり押しとどめる。

「今はどれから食べるかが最大の問題でしょ。なかなかないわよ、これだけの食べ放題」

「あの、確かにすごいですけど、マチ先生の甘いモノ好きってそんなに有名なんですか?」

「そりゃそうじゃない。甘いモノ差し出せば、厄介な症例でもあっさり片づけてくれるんだから、こんな便利な内視鏡医はいないもの」

いやいや、と哲郎は抗議の声を上げるが届くはずもない。

中将は南を手招いて、どれから食べようかと順番の相談まで始めている。その隣では、秋鹿が悠々とマドレーヌを開封して口に運んでいる。

哲郎宛の菓子なのに、哲郎の出る幕がない。

「ええ仕事、してきたみたいやな」

ふいの太い声は、のそりと医局に入って来た鍋島であった。鍋島も外来が終わったところであろう。

「花垣君が不在中のトラブルやったとか」

「私は最後まで内視鏡には触れていませんよ。花垣さんの人を見る目は確かでした」

「見る目だけやない。危機管理能力も抜群や。マチ君を待機させておいたわけやから」

確かにその通りであろう。

花垣からの依頼はその意味で絶妙であったかもしれない。

実際、哲郎がやったことは、第一助手として天吹の隣でガイドワイヤーを動かしただけなのだ。

ただ、元来がＥＲＣＰは、内視鏡医ひとりで完結できるものではなく、第一助手の技量に大きく左右される処置である。助手が病態を理解し、かつ術者と呼吸がぴたりと合えば、処置の精度は別物になる。すなわち成功につながる。何よりも、花垣も言ったようにガイドワイヤーテクニックは、哲郎のもっとも得意とする領域だ。

もちろん、そういった事柄を知っているのは、熟練の内視鏡医だけだ。他科の医師たちはもちろん、透視装置を動かしていた西島も、哲郎の存在に気づいた様子はなかった。

ＥＲＣＰが終わったとき、現場にいた医師たちが天吹に向かってこぞって拍手を送るなか、あの仏頂面の西島までがほとんど感極まった様子で手を叩いていた様子が可笑しみを持って思い出される。

その沸き立つような喧噪の中を、哲郎はそっと抜け出して、何食わぬ顔で戻って来たというわけだ。

「とりあえず、院長から旦先生にお礼をお伝えください」

「旦君に？」

「主治医の外科医としては、相当ストレスフルな時間だったと思いますが、最後まで何も言わず見守っていてくれました。もちろん私がいることについても何も言わず……」

「気づいてなかっただけやないか？」

「私もさっきまでそう思っていたんですが……」

哲郎はテーブルの上に目を向けた。

「気づいてなければ、マドレーヌは届かないと思いますよ」

そうやった、と鍋島が太い声で笑った。

現場を立ち去る時、七田は麻酔の離脱に忙しい状態で言葉を交わすことはなく、篠峯は遠くで微笑んでいただけで敢えて動こうとはしなかった。その中で、一貫して素知らぬ顔をしていた旦が、実は自分に気づいていたということは、哲郎の驚きであった。最後まで微塵もそんな気配を見せなかったのだ。さすがに外科の准教授は、一枚上手だったということであろう。

「ご苦労さんや」

鍋島の何気ない労《ねぎら》いの中に、ゆったりとした温かさが含まれていた。

「リスクを踏んで駆けつけても、拍手喝采を受けるのは別の医者。マチ君にとっては、評価にも昇給にもつながらん仕事や」

「昇給はまだしも、人からの評価を今さら求めたりはしません。私ももう四十近いおじさんです」

「四十でも、五十でも、人から認められたいと思うのは人間の性《さが》やろう。誰にも気づかれんのに、縁の下に黙って潜り込める人間はそう多くはない」

「誰にも気づかれていないことはありませんよ。現にこれだけの菓子箱が届いているんですから」

「なるほど」

鍋島が柔らかく笑う。

それに、と哲郎は続ける。

「花垣さんにはさんざんお世話になってきました。私が退局したあと一番大変だったのは、あの人です。しかも花垣さんは、文句も言わず愚痴もこぼさず、龍之介の心配さえしてくれました」

「心配したのは、龍之介君のことやなくて、頼りない保護者の方やろう」

哲郎は破顔した。

そうかもしれない。そうだとしても哲郎の花垣に対する敬意は変わらない。花垣がさらに高みに登るために梯子を押さえておくくらいの仕事はしたいと思うのである。

「これを機会に、大学に戻りたくなったんやないか?」

ふいの問いかけに、しかし哲郎は驚かない。

「唐突ですね」

「唐突なもんか、俺はいっつも心配しとる。マチ君は、この病院にとって間違いなく必要な人材や。せやけどこんなちっこい病院に、いつまでもマチ君みたいな医者を縛り付けておくことが正しいかどうかも、俺にはわからん。もしマチ君が大学に戻りたいと言うたら、俺には止めることはできん。難しい問題や」

意外なほど率直な言葉に、哲郎は思わず院長を見返した。

中将や秋鹿たちを眺める鍋島の表情に、大きな変化はない。

「今の医療は、分業が進みすぎて、バラバラになりすぎとると俺は思うとるんや」

太い腕を組みながら、鍋島は語を次ぐ。

「病気の種類によって担当医が違うのは言うまでもなく、外来の患者が入院になると主治医が変わり、手術はまた別の偉い医者が出てきて、往診なら往診の専門医が現れる。患者からしたら、次々と医者も病院も変わって目が回る思いやないか。時代はもちろん細分化と専門化をすすめとるが、俺はそれを少しばかり元に戻したいと思うとる」

「元に戻す？」

「外来にいても、入院になっても同じ医者が診れば、患者も安心やろう。そしてできれば往診になっても看取りになっても、ずっと診てきた医者が患者のもとに足を運ぶ医療や。この原田病院はそれができる。時代に逆行しとるから、採算も厳しいし、病院も古いまんまやけどな。それでも『安心』ちゅう一番大事なものは提供できる。俺がこの病院におりたいと思う一番の理由や」

院長から、改まってそんな理念を聞いたのは初めてであった。

「まあこれは俺の発案やない。原田理事長が言っていたことの受け売りやけどな」

「原田先生がそんなことを？」

病院経営を主業務としている原田百三に、哲郎はほとんど会う機会がない。ときおり早朝や夕刻に、病院前の花壇に水を遣っている姿を見るくらいだ。

「飄々《ひょうひょう》としたじいさんやけどな。胸の中は、めちゃくちゃ熱い人なんやで」

にやりと笑う鍋島に、哲郎も思わず笑みを返していた。

少しずつ見えてくるものがある。

大学で働いていた時は、忙しさもあって患者の顔がなかなか見えなかった。それが原田病院に来て、急に視界が変わったのは、最先端から一般の病院に移ったことだけが理由ではない。この病院が、できるだけ患者の顔を見ようとする理念をしっかりと維持していたからだろう。

確かに鍋島の理念は、時代に逆行した態度に違いない。しかし鍋島の言う『安心』を提供することは、『細分化』や『専門化』と同じくらい大切なことではないかと思うのである。

「だからずっととは言わん。今しばらくは、ここにおってくれや」

飾り気のない口調でそう言って、鍋島が豪快に笑った。

哲郎も我知らず、ゆっくりと頷き返していた。

「マチ先生！」とふいに声が聞こえたのは、看護師長の土田が外来から階段を上ってきたからだ。

「ここにいたんですか」

医局を覗き込んだ土田は、息が上がっている。

「探しましたよ。PHS忘れています」

土田が右手に差し出したPHSを見て、哲郎は慌てて白衣のポケットに手を突っ込んだ。いつも右手に触れるべき物が確かにない。

「すいません、土田さんに思わぬ運動をさせてしまいました」

「それはいいんですよ。それより院外から連絡がありました」

まだ息のあがったまま、土田が続けた。

「警察からです」

聞き慣れない単語に、鍋島が軽く眉を上げ、中将や南たちも不思議そうに振り返った。

息をなんとか整えてから、土田は言った。

「辻さんが亡くなったそうです」

哲郎はすぐに返事ができなかった。

『辻新次郎さんが自宅で亡くなっています。確認に来てもらえませんか』

外来の診察室で、電話を片手にしたまま、哲郎は思わずそっと目を閉じていた。

電話の相手は四条警察署の職員である。警察官なのであろう。事務的な口調で、発見の経緯を説明した。

辻は、いつも決まった時間にアパートの部屋を出て朝からパチンコに行く生活であったらしい。それが急に二日ほど姿が見えなくなり、気になったアパートの隣人が、部屋を見に行ったところ、玄関の鍵は開いており、中に入ってみると、八畳間で血を吐いたまま倒れている辻を見つけたということらしい。

住所を確認すれば、病院のすぐそばで、歩いて行ける距離であった。

電話を置いた哲郎は、息を殺して待っていた南に目を向けた。

「検死になる」

「けんし？」

「君も少なからず縁がある人だ。一緒に来るかい？」

静かな哲郎の言葉に、南はすぐにうなずいた。

辻の家は、病院から西に二本ほど通りをかえた小道にある古いアパートであった。

病院から徒歩で数分である。最初に病院に運ばれてきたときも近くのスーパーで血を吐いて倒れたから、もともと病院周辺が辻の生活圏であったのだろう。

検死といっても、事件性があるような騒ぎではないから、アパート周辺に人が群がっているわけではない。狭い通りに二台のパトカーがサイレンも鳴らさずに止まっているだけだ。錆びた鉄階段を上って、外廊下を進んだ奥の部屋の前に、背の高い警察官が立っていて、哲郎が名乗ると敬礼して部屋に通してくれた。

乱雑に靴の転がっている戸口で、持って来た白衣に袖を通して、手袋をして奥へと上がる。

細長いキッチンと、和室の八畳間があるだけの狭い空間は、脱ぎ散らかした服や積み上げられた雑誌、無造作に散らばった缶ビールの空き缶などで雑然としている。そこに、数名の警察官が写真を撮ったり、書類を記載したりと動いているから、なかなか騒然たるものだ。

奥の八畳間に置かれた机のそばまで歩み寄ったところで、南が息を詰め足を止めていた。

黒く固まった血液の塊の上に、仰向けに倒れていたのは、まさしく辻であった。

「お久しぶりですね、雄町先生」

壁際に立っていた背の低い中年の警察官が、のそりと丸い体を押し出した。愛想は良さそうに見えるが、張り付けたような笑みでかえって表情が見えにくい。

哲郎は会釈をしてから、表情を硬くしている南を顧みた。

「四条警察署の、浜福《はまふく》巡査だよ。この辺りの症例だとどうしても一緒になることが多くてね」

「お世話になっています。雄町先生にも助手さんがつくようになったんですか」

「助手ではありません。ドクターです」

哲郎は静かに告げて、辻のそばに膝をついた。歩み寄った浜福が語を次いだ。

「患者のジャンパーのポケットに原田病院の診察券が入っていましてな。問い合わせたら先生の患者さんだとか」

「アルコール性肝硬変で通院中の方でした」

「なるほど。通報は隣の部屋の住人でしたが、発見時はもう完全に固くなっていましてね。おそらく死後二日といったところでしょう」

「吐血ですね」

「そうです。肝硬変ということは、静脈瘤の破裂ってやつですか？」

浜福が場数を踏んでいる巡査らしく診断名まで口にした。

哲郎は固くなった辻の体を簡単に診察する。倒れる直前までスナック菓子でも食べていたのだろうか。小さなテーブルの上には食べかけのポテトチップスの袋がある。黒い凝血塊《ぎょうけつかい》は畳の上にかなりの範囲に広がっており、それを枕のようにして倒れている辻は、口周りにも赤黒い血液がこびりついている。凄絶な景色だが、辻本人は目を閉じていて眠るように穏やかな顔つきだ。血液がなければ、居眠りでもしているだけに見えただろう。

哲郎は膝をついたまま、そばに立つ南を見上げた。

「どう思う南先生」

唐突な問いに、南は血の気の引いた顔で、それでも懸命に答えた。

「この状況で吐血で倒れているということは、食道静脈瘤が再破裂したのだと思います。出血量が多ければ、救急車を呼ぶ余裕もなく意識がなくなる症例もあると思います」

「そうだね……、外傷があるわけでもないのでしょう？　浜福さん」

「ありませんな。部屋の中が荒らされた気配もありません。まあこの有り様ですから、荒れていないというわけじゃありませんが、物取りが入ってきて物色していくような物もなさそうです」

浜福の後ろでは二人の警官が、辻の持ち物を調べているようだが、テレビ台から押し入れに至るまで、特別壊されたり倒れたりしている物もない。

壁にぶらさがっていた肩掛け鞄は、辻がいつも通院のときに持っていたものだ。警官がくたびれた鞄の中から、財布や煙草を取り出していたが、そこに薬の白い袋が混じっているのが妙に鮮烈であった。

哲郎は、南が急に口元に手を当てたのに気付いて告げた。

「外に出ているかい？」

南は首を振る。

哲郎は、辻の痩せた肩にそっと手を置いた。石のように、冷たく硬くなった肩だ。

「こうなることを避けるために、緊急内視鏡もがんばったんだが、力及ばずか……」

「まあ先生が一生懸命治療したって、どうにもならん患者は山のようにいるでしょう。まして酒飲みなら気に病むことはないと思いますよ」

浜福なりに気を使っているのかもしれないが、場慣れした態度もあいまって、かえって突き放した印象に聞こえてくる。

「ちゃんと薬を飲んでいたかどうかも微妙なんじゃないですか？」

「薬は飲んでくれていたと思いますよ。ただ、生活保護を拒否していた方でしてね」

「生保を拒否？」

丸顔の浜福が細い目をちょっと開いた。

「今どき変わった人もいるもんですな。なんにしても、雄町先生、病死でよろしいですかね？」

哲郎は立ち上がりながら答えた。

「先週、外来でも診察していますし、吐血なら原疾患から説明できる経過です。死因は食道静脈瘤の破裂でしょう」

「了解です。診断書はあとで部下が病院に取りに行きますんで、またお願いします」

カメラを持っていた警官が浜福と話し始めたのを機に、哲郎と南は部屋をあとにした。

医師の仕事は、病死として妥当なのかそうでないかを判断することで、辻の場合は迷う余地はない。もとより事件性がないからこそ主治医が呼ばれたのである。

玄関先で手袋をとると、待っていた警官が素早くごみ袋を開いて回収してくれた。白衣を脱いで外に出れば、扉一枚をくぐっただけで非日常が一瞬で日常へ戻っていく。

狭い外廊下の向こうに広がっているのは、午後の日差しに照らされた見慣れた路地と町並みだ。

少し傾いた古い板塀、軒下に揺れる暖簾、三色のカラーがくるくる回る理髪店のサインポール……。頬を撫でていく生ぬるい風さえ、平穏な日常の在《あ》り処《か》を教えてくれている。

額に手をかざした哲郎の胸には、初めて辻が運ばれてきたときの救急外来の情景が浮かんでいた。ストレッチャーの上で『お金ないで。ええんか』と辻が言っていたのは、ほんの三か月前のことなのだ。そのあと再度吐血で運ばれてきたもののなんとか救命してようやく退院し、先週一度、外来を挟んだところであった。ずいぶん急ぎ足で通り過ぎて行ったものだと思う。

〝このままにしといてくれへんか、先生〟

苦笑とともにそう言っていた辻の姿が思い出された。と同時に、哲郎の胸にささやかな疑念が去来する。

――辻は敢えて、救急車を呼ばなかったのではないか……。

突然吐血をすれば、普通は何を措《お》いてもすぐに救急車を呼ぶであろう。しかしポテトチップスの袋の横には、携帯電話が手も付けられずに置いてあった。手を伸ばした様子もなかった。なにより、大きな血液の跡の上に、辻が仰向けに寝ていたことが引っかかっていた。大量吐血の海の中で、横倒しに倒れた辻が、一度ゆっくりと寝返りを打って自分で仰向けになったようにも見えるのだ。一気に血圧がさがって意識がなくなった可能性もあるが、そうでなかった可能性も浮かんでくるのは、辻の横顔があまりに穏やかであったからだろう。

今となっては確認しようもない話である。

小さく息を吐いてアパートの廊下を歩き出そうとしたところで、出てきたばかりのドアが開き、浜福が顔をのぞかせた。

「雄町先生、どうも、先生にお見せした方がいいかもしれないものが出てきましてね」

そう言って外に出てきた浜福が、片手で埃のついた袖口を払いながら、黄ばんだ免許証を差し出した。

「私に？」

「なんともわかりませんが……」

老練の巡査が珍しく言葉を濁している。

哲郎は軽く眉を寄せて、免許証を受け取った。辻が持ち歩いていた期限切れの免許証だ。髭も剃ってさっぱりとした装いの昔の辻の写真は、血まみれで運ばれてきた本人とのギャップが大きかっただけに、よく覚えている。

「財布の中に入っていたんです。たいした現金も入っていない札入れに。見逃すところでしたが、裏の走り書きは、もしかしたら先生宛やないかと思うて……」

浜福に促されて免許証を裏返した哲郎は、一瞬遅れて、息を呑んでいた。

裏の備考欄に、小さく書かれた住所変更の記録は、以前に見たときと同じだ。同じでなかったのは、その下に、明らかにあとから追加された大きな文字が並んでいることであった。

『おおきに　先生』

たった六文字であった。

たった六文字が、震えるような筆致で記されていた。使い古されたボールペンの文字であろう。ところどころが擦《かす》れ、途切れかけた部分さえあったが、読み違えようのない六文字が、狭い罫線《けいせん》からはみ出しながら、精一杯の大きさで記されていた。

〝おおきに、先生〟

短いメッセージはふいに音となって、哲郎の耳にこだました。

辻が、白い机の向こうで不器用な微笑を浮かべていた。

それから机に手をついて、深々と頭を下げていた。

〝先生のとこやったら、俺は安心して逝けそうな気がするんですわ〟

声だけが降ってくる。

筆跡は、お世辞にも綺麗とは言い難い。しかしそこに躍る大きな文字は、辻本人のように苦みを含みつつ端然と笑っていた。

『おおきに　先生』

――そんなに急いで逝くこともないだろうに……。

なかば強引に苦笑しようとしたところで、ふいに六文字が滲んで見えて、哲郎はそっと目を閉じていた。

こういう感覚は久しぶりだ……。

哲郎は思う。

医師として、これまでも多くの人を看取ってきた。その中で残された家族から感謝の言葉を告げられたことは少なくない。けれども、亡くなった人から受け取ったのは初めてであった。

〝手持ちの財布の中身が全部です〟と、辻は言っていた。免許証の裏におよその所持金でも書いておくと笑っていたが、金額ではなく六文字だけを追加したのは、こんな事態まで想定していたということなのだろうか。運が良ければ届くだろうが、気づかなければ、それはそれでかまわない。いかにも辻らしい、そんな態度まで伝わってくる。

「珍しいことですな」

浜福の声が届いた。

顔を上げれば、丸顔の巡査は部屋の方に目を向けている。

「こういう孤独に死ぬ人たちってのは、だいたい世の中に恨みや怒りや、とにかく嫌な感情を持っているもんです。亡くなったあとでもその顔を見りゃすぐわかるし、部屋の中には怨念みたいな得体の知れんものが漂っているんですわ。若い部下の中には、そんな感情にのまれて鬱になっちまうのもいるくらいで」

それなのに、と浜福は丸い顎を撫でた。

「財布の中にそんなあったかい言葉を抱えたまま、死んでいけるってのは、結構幸せなことなんじゃないかと思います。勝手な話ですが、うらやましいくらいだ」

なあ、と浜福は戸口でごみ袋を持っていた部下に目を向ければ、実直そうな警官が哲郎に向かって力強くうなずいた。

哲郎はもう一度免許証に視線を落としてから、黙って南に手渡した。受け取った南は、大きく目を見開いたまま言葉を失っていた。やがて口元に手を当ててそっと目を伏せた。

「おおきに、先生、か。いい言葉ですな」

浜福は、一度部屋の方へ視線を戻してから、

「本当に、うらやましいくらいだ」

つぶやくように言うと、ふわりと右手を持ち上げ、哲郎に向き直って敬礼した。

「また、よろしくお願いします」

浜福の後ろで若い警官も素早く上司に倣った。

哲郎は黙礼を返し、それから警官たちに背を向けた。


辻の自宅から病院までの帰路を、哲郎と南は言葉もなく歩いていた。

日差しは中天を過ぎ、かすかな風が流れている。

ときどき車やスクーターが行き過ぎる程度の、比較的静かな通りを、白衣を小脇に抱えた哲郎はゆっくりと歩を進めていた。

「すまないね、南先生」

哲郎が短く告げた。

「初めての検死だったろうに、指導も何もしていなかった」

「大丈夫です」

答えた南は、すぐに続けた。

「連れて行って頂けただけでも勉強になりました。先生のおかげです」

「感謝されるようなことは何もしてないよ。辻さんが思わぬ策士で、ひどく驚かされた。最初に来たときも唐突だったけど、去っていくときもずいぶん唐突だったね」

はい、と小さくうなずきながら、南はそれに続けるべき様々な思いを飲みこんで沈黙した。社交辞令で感謝を口にしたのではない。けれどもそれは、言葉を重ねることで伝わるものではないだろう。

医師になって四年あまり。そのほとんどを大学病院で過ごしてきた南にとって、哲郎を取り巻く医療の世界は、驚くほど異質であった。異質ではあるが、異様ではなかった。のみならず、慌ただしい日々の底に、不思議な静けさを有していた。その静寂のただ中で、ひとり佇み、思索を続けている指導医の姿が、今の南の目にははっきりと見えている。

「これで良かったのか……、とは私は考えないようにしているんだ」

先を歩く哲郎が続けた。

「これで良かったのだと、自信をもって言ってやりたいが、それほど医療というものは甘くはないし、私の心も強くない。だから、私が言えることはいつもひとつだけなんだよ」

足を止めた哲郎は、高く澄んだ空を見上げた。

「本当にお疲れ様でした」

短い言葉が、空に昇って消えていった。

哲郎は、日差しに目を細めたまま動かない。

夏と秋の溶け合った季節の狭間の風が、ふわりと二人の間を過ぎていく。どこかでかすかに、自転車のベルの音が響き、遠ざかっていった。

「私はね、南先生」

ふいに哲郎が口を開いた。

「医療というものに、たいした期待も希望も持っていないんだ」

唐突な言葉が路地に響く。

南はたじろがない。ただ黙って、耳を澄ます。

「医者がこんなことを言ってはいけないのかもしれないが、医療の力なんて、本当にわずかなものだと思っている。人間はどうしようもなく儚《はかな》い生き物で、世界はどこまでも無慈悲で冷酷だ。そのことを、私は妹を看取ったときにいやというほど思い知らされた」

わずかに口をつぐんだ哲郎は、「けれども」と続ける。

「だからといって、無力感にとらわれてもいけない。それを教えてくれたのも妹だ。世界にはどうにもならないことが山のようにあふれているけれど、それでもできることはあるんだってね」

哲郎の淡々とした声が、少しずつ力を帯びていく。

「人は無力な存在だから、互いに手を取り合わないと、たちまち無慈悲な世界に飲み込まれてしまう。手を取り合っても、世界を変えられるわけではないけれど、少しだけ景色は変わる。真っ暗な闇の中につかの間、小さな明かりがともるんだ。その明かりは、きっと同じように暗闇で震えている誰かを勇気づけてくれる。そんな風にして生み出されたささやかな勇気と安心のことを、人は『幸せ』と呼ぶんじゃないだろうか」

いつか車の中で南が聞いた、あの言葉が聞こえていた。

指導医は、小柄な後輩に静かな目を向けた。

「間違えてはいけないよ、先生。医療がどれほど進歩しても、人間が強くなるわけじゃない。技術には、人の哀しみを克服する力はない。勇気や安心を、薬局で処方できるようになるわけでもない。そんなものを夢見ている間に、手元にあったはずの幸せはあっというまに世界に呑まれて消えていってしまう。私たちにできることは、もっと別のことなんだ。うまくは言えないけれど、きっとそれは……」

哲郎は、また空を見上げる。

「暗闇で凍える隣人に、外套《がいとう》をかけてあげることなんだよ」

不思議な言葉であった。

立ち尽くしたまま、ゆったりと胸の内に溢れてくる思いを、南は口に出すことができなかった。もとより言葉にできるようなものではなかった。ただ、風の音と胸の鼓動だけが聞こえていた。

おもむろに哲郎は、白いものの交じった髪を掻き回した。

「すまないね。どうも小難しい話をしてしまった」

その頬に苦笑が浮かんでいた。

「これから医学を学んでいく若い先生に話すような内容じゃなかった。どういうわけか、君が相手だと無闇と話しすぎてしまうらしい」

南は大きく首を左右に振っていた。

哲郎の語る言葉をすべて理解するには、南はまだまだ知らないことが多いのだと思う。けれども、とても大切なことを語っているということだけは確信をもって言える。

哲郎の立っている場所は、スポットライトの当たる華やかな舞台の上ではないけれど、その足元は、いつも柔らかな光に包まれているように見える。そして哲郎の歩いて行ったあとには点々と明かりが灯り、その光は別の誰かを導き、また新しい明かりを生み出していくに違いない。辻が最期に、温かな言葉を残していったように。

ふいに二人のそばを、郵便配達の赤いバイクが通り過ぎていった。

南は、哲郎の視線を追って空を見上げた。

十月の古都にはまだまだ夏が居座っているが、いつになく青く澄み切った空には秋の気配が垣間見える。

あとひと月もすれば、東山も北山も稜線から順に秋色に染まって来るだろう。錦の彩りはやがて市中に舞い降り、高台寺の境内も、渡月橋の袂《たもと》も、哲学の道も、ことごとくが厳しい季節を前にした最後の彩りを見せてくれる。

美しい季節がやってくる。

「先生」

ふいに南が口を開いた。

「私、もっと先生のもとで学びたいと思います」

よく通る声が、小道に響く。

「だから、これからもよろしくお願いします」

南は小道の真ん中で、深く頭を下げていた。

哲郎は律儀な後輩を振り返り、小さく笑ってからうなずいた。

それからまた空を見上げる。

「もう秋だね」

そんな他愛もない言葉と共に、再び哲郎は歩き出した。

東山の稜線に、刷毛《はけ》で掃いたような霞雲が、ゆっくりと流れていた。


「血圧160？　そら、ちょうどええやないか、先生」

哲郎の外来診察室に、鳥居善五郎の太い声が響いていた。

十月半ばのいつもの外来である。しぶとく市中を炙っていた猛暑もようやく落ち着き始め、病院前の花壇は、秋明菊《しゅうめいぎく》や牡丹が主役となる季節だ。

その日の午前の最後の外来患者が鳥居であった。

鳥居は、相変わらずの押し出しの強さで高い血圧を誇るように胸を張っている。

「160はまだ高いですよ」

「下がり過ぎたらあかんやろ」

「下がり過ぎてはいません。160なら、動脈硬化から、脳梗塞、心筋梗塞のリスクがあがります」

「……そないな怖い話ばっかりせんでもええやないか、先生」

「もうあと少しだけ下げると、だいぶ安全です」

「少しだけか？」

「少しだけです」

そんないつもの遣り取りを繰り返して、わずかばかり内服薬を増量する。鳥居を診察室から送り出せば、いつものように土田がやってきて、ご苦労様と声をかけてくれる。

「また少し薬を増やすことに成功しましたね」

「なんだか、薬の押し売りでもしているみたいな言われようですね」

「大丈夫ですよ。先生の苦労はわかっていますから」

勝手知ったる土田の返答は、それだけで妙な安心感がある。

「とりあえず午前の外来はこれで終了です。午後は往診ですよね？」

「往診です。今日は岡崎から吉田山の方まで回って三人だったかな」

「今川さんもいますよね」

さすがに外来師長はよく把握している。

「どうですか、今川さんの様子？」

「それが、思ったより落ち着いているんですよ」

膵癌の今川の経過は、当初一、二か月と予想していたのが、その後、不思議なほど変化がなく、自宅での生活が続いている。

「やっぱり家がいいってことですか？」

「そういうのもあるのかもしれない」

淡々と答える哲郎に格別の理念があるわけではない。哲郎が以前口にした「急ぐな」という言葉のおかげだと、長男の幸一郎は言っていたが、そこまで都合のよい解釈をしようとは思わない。もとより医者の見込みなど、当たるものではないのである。

「マチ先生、お客さんです」

不意の声は、受付の女性事務員のものだ。

首を巡らせば、診察室の戸口から見慣れた先輩医師が入って来るところであった。言わずと知れた洛都大学の准教授だ。

「よ、マチ、元気か？」

片手を上げて花垣が陽気な声を響かせる。

哲郎はほとんど反射的にげんなりした顔になる。

「また外来が終わった抜群のタイミングでやってきましたね。病院の情報があんまり筒抜けなのも問題ですよ」

「別に脅したり怒鳴りつけたりしてないぞ。受付のお姉さんに、ちょっと教えてくれって優しくお願いしてるだけなんだ」

それで全部伝わることが問題なのである。

「で、夕方じゃなくて、こんな昼間にやってくるっていうことは、何か急ぎの症例の相談ですか？」

「さすが俺が見込んだ男だな。正解だ」

どっかり丸椅子に腰を下ろした花垣は、鞄から画像CDを取り出して、卓上の端末にセットしている。勤務先でもない病院の端末を使い慣れていることも随分問題であろう。

花垣がアメリカから戻ってきて二週間が過ぎていた。

帰国した花垣は、とくに変わった様子も見せずに、必要に応じて原田病院にやってくる。改まって感謝を口にしたり、気を配ったりする様子もない。それは、哲郎が大学を去ったときに、哲郎の謝罪や礼を一切受け付けなかった態度と同じだ。

哲郎は哲郎で、ERCPの少年の経過について細かく問いただすようなことをしていない。

南の話では、退院した少年が医師や看護師たちのために山のようにクッキーを焼いてきたということだが、哲郎は多くを聞こうとは思わない。

互いに必要があれば手を差し伸べ、足を運ぶ。二人にとっては、ただそれだけのことなのである。

「今度のは、なかなか面白い症例でな」

花垣は、聞きようによっては不謹慎なことを口走りながら、キーボードを叩いて画像を呼び出している。不謹慎なだけではない。厄介だと哲郎が思うのは、この准教授が、難しい症例であればあるほど「面白い」と表現する悪癖の持ち主であることを知っているからだ。

哲郎は、聞こえよがしにため息をつきながら、ポケットから取り出した薬ケースの金平糖を口に運ぶ。以前の濃茶味は食べつくし、今入っているのは新たに天吹が送ってくれた季節限定の焼栗味だ。栗の上品な甘みをはっとするような香ばしさが包んでいて、砂糖菓子の概念をこえる鮮烈な金平糖になっている。

「そういえば」と哲郎が口を開いた。

「南先生の研修の方は大丈夫ですか？」

哲郎のもとには天吹から連絡が入っている。講師の西島が原田病院での研修を中止させたがっているという話だ。その理由を哲郎は知らないが、見当はつく。あんな小さな病院での研修に意味はないとでも言っているのだろう。

「珍しいじゃないか。嫌がっていた若手の研修に、急にやる気が出てきたのか？」

応じながら花垣が差し出した掌に、哲郎はケースを傾けて金平糖を二つばかり落としてやる。

「南先生は優秀ですからね。来てもらえると助かるんです。それに本人からも、できればここでの研修を続けたいと言われました」

「大丈夫さ。退局から三年近く経ってるからって、雄町哲郎の名を知っている医者は、まだまだ医局にいる。雄町が受け入れてくれるんなら行くべきだって言ってるのは、俺だけじゃない」

なによりです、とつぶやきながら金平糖を味わう哲郎を、花垣が品定めでもするような目で眺めている。

「なんですか、その下品な笑い方は」

「なんでもない。ただ、南は今どき珍しいくらい生真面目な性格だろ。お前と南って、仕事以外にどんな会話をしているのかと思ってさ」

「質問の意図を測りかねますね、准教授」

冷ややかに答える哲郎に、花垣の笑みは微塵も揺るがない。

「マチが三十八で、南はたしか三十前だろう。まあ年齢差は許容範囲か……。しかし共通の話題がなさそうだから、くだらない内視鏡の話ばかりしてそうだな」

「内視鏡の話をするためにわざわざ来てもらっているんです。心配してもらう必要はありません」

「心配するさ。未婚のまま子持ちになった後輩は、俺にとって一番の心配の種なんだ」

「あんまり勝手なことを言っていると、症例の相談に乗りませんよ」

剣呑《けんのん》な顔をする哲郎の前に、花垣はこれ見よがしに、ビニール袋入りの小さな箱をトンと置いて見せた。袋の隙間から見える包装紙に、『北野名物』の四字がある。

「これは……」

「長五郎餅」

「……」

「六個入り。いらなかったか？」

「いらないとは言っていません」

すでに哲郎の右手は箱の方に伸びている。さりげなさを装っているが、不自然きわまりない。

「頂けるものは頂きますが、ますます不気味ですね。今度は二歳児のＥＲＣＰとか言わないでくださいよ」

「そんな無茶は言わんさ。内臓逆位の患者のＥＲＣＰを検討中なんだ」

さすがに哲郎も絶句する。

「逆位？　内臓の左右の位置が逆転している症例ですか？」

「そうさ、しかも完全逆位だ。経験はあるか？」

「胃カメラと大腸カメラならやったことがあります。ずいぶん変な感覚でした。ブラック・ジャックの何話かにも、そういう話がありましたね。あっちは確か外科手術の話でしたが」

「あったあった、俺も覚えている。インパクトのあるエピソードだった」

モニター上に、ＣＴとＭＲＩの画像を並べながら、

「まあとりあえず、この前みたいに大学に来てくれって話じゃない。画像とデータを見て意見を聞ければいいんだ」

「そりゃそうですよ。そう何度も内視鏡室に忍び込んだら、さすがに見つかるでしょう」

「文句を言うなよ。葛城さんにうまいすき焼き屋を教えてもらったんだ。今度また龍之介君も連れていって奢《おご》るからよ」

まったく、と哲郎がぼやいている間に、いつのまにか土田がお茶を二つ淹れてきて、二人のそばに置いていってくれた。

花垣が、見慣れない角度で走行する胆管の画像を示していく。哲郎が白髪交じりの髪を掻きまわしながら軽く身を乗り出す。

「どう思う？」

「厄介ですね」

「そうだよな」

下町の古びた診察室が、たちまち最先端医療のカンファレンスルームと化している。

哲郎は、画像を見つめたまま、長五郎餅の箱を開け、ひとつを手に取った。

「でもまあ、なんとかなると思いますよ」

「俺もそう思う」

阿吽《あうん》の呼吸が、二人の内科医の間に往来した。

温かな初秋の日差しが窓の外から降り注ぎ、流れた風が優しくカーテンを揺らしている。

哲郎は、真っ白な餅をひと口かじった。

薄く柔らかな餅皮が、絹糸がほどけるように伸び、あとから品のある漉し餡の甘味が広がっていく。

絶妙な風味に身をゆだねるように、哲郎は軽く目を閉じた。

秋風に乗って、三味線のかすかな音色が届いていた。

夏川草介（なつかわ・そうすけ）

一九七八年大阪府生まれ。信州大学医学部卒業。長野県にて地域医療に従事。二〇〇九年『神様のカルテ』で第十回小学館文庫小説賞を受賞しデビュー。同書は二〇一〇年本屋大賞第二位となり、映画化された。他の著書に、世界四十カ国以上で翻訳された『本を守ろうとする猫の話』、『始まりの木』、コロナ禍の最前線に立つ現役医師である著者が自らの経験をもとに綴り大きな話題となったドキュメント小説『臨床の砦』など。

スピノザの診《しん》察《さつ》室《しつ》

二〇二三年一〇月二五日　第一刷発行
二〇二四年一〇月二〇日　第九刷発行

著者　夏川草介《なつかわそうすけ》
編集・発行人　篠原一朗
発行所　株式会社　水鈴社
ホームページアドレス　https://www.suirinsha.co.jp/
電話　〇三・六四一三・一五六六（代）
この本に関するご意見・ご感想や、万一、印刷・製本などに製造上の不備がございましたら、お手数ですがinfo@suirinsha.co.jp までご連絡をお願いいたします。

発売所　株式会社　文藝春秋
〒一〇二・八〇〇八
東京都千代田区紀尾井町三・二十三
電話　〇三・三二六五・一二一一（代）
販売に関するお問い合わせは、文藝春秋営業部までお願いいたします。

印刷・製本所　萩原印刷
校正　坂本文
定価はカバーに表示してあります。

ISBN978-4-16-401006-8